中国扶贫故事

众志乃成城 斯任须并肩

——中国保险资产管理行业助力脱贫攻坚优秀案例

中国保险资产管理业协会　编

中国财经出版传媒集团
中国财政经济出版社

图书在版编目（CIP）数据

众志乃成城　斯任须并肩：中国保险资产管理行业助力脱贫攻坚优秀案例 / 中国保险资产管理业协会编. --北京：中国财政经济出版社，2020.10
（中国扶贫故事）
ISBN 978-7-5223-0069-6

Ⅰ. ①众…　Ⅱ. ①中…　Ⅲ. ①故事-作品集-中国-当代　Ⅳ. ①I247.81

中国版本图书馆CIP数据核字（2020）第184952号

总 策 划：蔡丽兰
策划执行：郁东敏　贾延平
责任编辑：郁东敏
封面设计：中通世奥
责任印制：刘春年
责任校对：张　凡

中国财政经济出版社 出版
URL：http：//www.cfeph.cn
E-mail：cfeph @cfemg.cn

社址：北京市海淀区阜成路甲28号　邮政编码：100142
营销中心电话：010-88191537
北京时捷印刷有限公司印刷　各地新华书店经销
787×1092毫米　16开　8.5印张　117 000字
2020年10月第1版　2020年10月北京第1次印刷
定价：46.00元
ISBN 978-7-5223-0069-6
（图书出现印装问题，本社负责调换）
本社质量投诉电话：010-88190744
打击盗版举报热线：010-88191661　QQ：2242791300

编委会

（按姓氏笔划排序）

序言

党的十八大以来，以习近平同志为核心的党中央高度重视扶贫工作，把脱贫攻坚作为重大政治任务和重要民生工程，把贫困人口脱贫作为全面建成小康社会的底线任务和标志性指标，多次就脱贫攻坚工作作出重要指示批示。党的十九大明确提出“坚决打赢脱贫攻坚战”、“让贫困人口和贫困地区同全国一道进入全面小康社会”的庄严承诺。

2018年以来，中国银行保险监督管理委员会发布《关于金融支持深度贫困地区脱贫攻坚的意见》《关于保险业支持深度贫困地区脱贫攻坚的意见》《关于做好结对帮扶工作有关事项的通知》等系列文件，确定中国保险资产管理业协会与内蒙古自治区乌兰察布市察右后旗乌兰哈达苏木开展结对帮扶，要求切实履行定点扶贫政治责任，引导行业力量深入开展产业扶贫、消费扶贫和保险扶贫等，注重培育发展当地特色优势，建立健全稳定脱贫的长效机制。

中国保险资产管理行业在中国银行保险监督管理委员会的坚强领导下，深入学习贯彻落实习近平总书记及党中央、国务院关于脱贫攻坚的决策部署，践行使命担当，发挥金融优势，精准对接定点帮扶地区迫切需求，坚决履行帮扶责任，全面落实帮扶举措，积极助力打好脱贫攻坚战。行业各机构精准找好发力点，通过设立保险资管产品等形式助力贫困地区基础设施和民生建设，参与产业扶贫和消费扶贫，有力推动了贫困地区的经济发展。截至2020

年8月底，针对内蒙古察右后旗乌兰哈达苏木开展消费帮扶177万元，产业帮扶120万元，其他帮扶近70万元，推动当地形成了多点联动带脱贫的长效机制。

在踊跃参与行业助力脱贫攻坚的机构中，也涌现出一批创新金融扶贫手段、改进金融扶贫方式的案例，如国寿资产探索普惠型金融扶贫新模式，创新设立专项扶贫贷款担保基金，支持贫困地区产业发展；人保资本创新开展“政融保”业务，着力为“龙头企业+农户”业务模式的客户提供融资支持；阳光资产发行“阳光-中国铝业债权投资计划”，募集资金用于贫困地区项目建设；长江养老发起“长江养老-中和农信支农支小资产支持计划”解决偏远地区贫困群体的融资需求等。

2020年是我国全面建成小康社会目标实现之年，是全面打赢脱贫攻坚战收官之年。为更好地展现行业助力脱贫攻坚的使命担当，继续激发凝聚行业合力，我们收集汇总了行业机构助力脱贫攻坚的优秀案例，并汇编成册，以供广大读者垂阅。

在此，特别鸣谢人保资本投资管理有限公司、新华资产管理股份有限公司、阳光资产管理股份有限公司、生命保险资产管理有限公司、长江养老保险股份有限公司、中意资产管理有限责任公司、中国人寿资产管理有限公司、中保投资有限责任公司、合众资产管理股份有限公司、长城财富保险资产管理股份有限公司、太平洋资产管理有限责任公司、建信保险资产管理有限公司、友邦人寿保险有限公司对本书的大力支持，同时也感谢行业各机构的积极参与，让我们共同展现行业担当，为高质量打赢脱贫攻坚战、全面建成小康社会作出贡献！

中国保险资产管理业协会

2020年9月

寄语

“要以习近平总书记关于扶贫工作重要论述武装头脑，指导实践，推动形成银行保险扶贫合力，建立稳定脱贫长效机制，更好地发挥保险保障功能，防止因病因灾返贫。要以滚石上山的韧劲，求真务实，攻坚克难，埋头苦干，推动定点扶贫工作再上新台阶，为打赢脱贫攻坚战作出更大贡献。”

——中国银行保险监督管理委员会主席、党委书记　郭树清

“准确把握习近平总书记重要讲话精神，切实把思想统一到党中央的决策部署上，增强做好保险助推脱贫攻坚工作的政治意识和大局意识，找准保险助推脱贫攻坚工作定位，把握保险助推脱贫攻坚工作政策要求和关键节点，确保各项工作取得实效。”

——中国银行保险监督管理委员会副主席、党委委员　黄　洪

“要认真学习贯彻习近平总书记扶贫开发重要战略思想，坚决担负起定点扶贫政治责任，密切关注定点帮扶县脱贫攻坚进展情况，切实聚焦产业扶贫，发挥行业优势，加大投入力度，不断巩固系统定点扶贫工作取得的积极成果。”

——中国银行保险监督管理委员会副主席、党委委员　曹　宇

“要坚决按照总书记指示要求，切实拿出决战决胜的精神状态，全面压实责任，把扶贫工作抓紧抓实。要切实提高政治站位，勇担精准扶贫责任，加强工作统筹谋划，加大金融供给，圆满完成金融精准扶贫任务。”

——中国银行保险监督管理委员会副主席、党委委员　祝树民

目录

3 第三篇 精准帮扶

4 第四篇 社会公益

5 第五篇 扶贫纪实

扶贫推广

中国保险资产管理业2020年决战决胜脱贫攻坚倡议书

各会员单位：

2020年是我国全面建成小康社会目标实现之年，是全面打赢脱贫攻坚战收官之年。年初，新冠疫情突如其来，但从未阻挡脱贫攻坚的坚实脚步，战疫战贫坚韧笃定，决战决胜铿锵前行。金融是助力脱贫攻坚、实现全面小康的重要力量。深入贯彻落实党中央、国务院以及银保监会党委的系列决策部署，克服疫情挑战、突出帮扶特色、创新扶贫手段，集中力量战胜难中之难、攻克坚中之坚，确保脱贫攻坚目标任务如期完成，中国保险资产管理业对此责无旁贷、矢志不渝。为此，我们只争朝夕、不负韶华，凝心聚力、携手共担，发出如下倡议：

一、筑同心、聚力量，突出党建引领带脱贫

各会员单位要持续提升政治站位，认真学习领会习近平总书记关于脱贫攻坚工作的系列重要讲话精神、党中央国务院决策部署和银保监会责任分工，将学习成果深刻融入助力脱贫攻坚工作的全过程和各方面。坚持摘帽不摘责任、不摘政策、不摘帮扶、不摘监管，积极发挥党建引领，鼓励对接贫困地区脱贫攻坚工作需求，提供资金、项目等方面的帮助。鼓励积极参与行业扶贫宣传，整合资源，展现行业积极践行社会责任的良好形象。

二、引资源、创新路，深化产业带动促发展

鼓励各会员单位在对贫困地区深入调研的基础上，充分结合当地产业项目发展需求，加强特色产业资金帮扶，精准有效助支农支小，扶助当地产业项目实现高质量、可持续发展，逐渐形成特色产业带动脱贫攻坚、引领乡村振兴的长效发展机制。拓展潜力产业项目资源对接，结合定点帮扶地区自然条件和实际需求，协助挖掘现代农牧业发展潜力，积极通过资源联动，对接“托管”养殖、“托管”种植等农牧业发展模式，推动当地产业升级，孵化形成助力脱贫攻坚和乡村发展的新引擎。

三、准发力、显担当，倾力消费帮扶稳增收

鼓励会员单位积极参与购买贫困地区农牧产品，号召单位员工自发购买扶贫产品，鼓励以单位食堂定点采购、员工福利等形式建立长期稳定供销关系，切实缓解贫困地区因疫情影响导致的农牧产品滞销问题。持续做好贫困地区农牧产品产销对接，积极协助拓展销售渠道，充分利用电商平台丰富贫困地区农牧产品销售途径，实现当地贫困群众持续稳定增收。协助定点帮扶地区农牧产品营销推广，围绕贫困地区特色产品，拓展宣传渠道、创新宣传方式，推动特色农牧产品信息广域传播，充分发挥新型传播平台推介对消费帮扶的带动作用。

四、扬特色、固根基，强化志智双扶提内力

鼓励会员单位加强与贫困地区的交流，支持开展面向贫困地区干部和产业带头人的培训交流活动，有效实现人员互动、技术互学、观念互通、作风互鉴，以“志”和“智”夯实当地实现长效发展的内在基础。鼓励积极对接培训资源，提供涵盖种植养殖、农村金融、电商服务等领域的系列在线课程，提升生产经营能力和劳动技术水平。鼓励加大农业保险、大病保险、意外健

康保险的服务力度，提升贫困地区民众风险保障意识，预防当地农牧民因灾因病致贫返贫问题。

艰难困苦，玉汝于成。值决战决胜脱贫攻坚、全面实现小康社会的关键之时，让我们继续持赤子之心、恒愚公之志，和衷共济，尽锐出战，坚持政策不变、力度不减、责任不卸，持续巩固提升脱贫攻坚质效，以更坚定的信念、更坚诚的勇气、更坚毅的付出和更坚韧的行动，在脱贫攻坚的伟大事业中笃定前行，发出决战决胜的最强音，为高质量打赢脱贫攻坚战作出最大贡献！

中国保险资产管理业协会

2020 年 5 月

第一篇
结对帮扶

天下难事，必作于易；天下大事，必作于细。

——《老子》

“1+5”思路带动行业助力脱贫攻坚

中国保险资产管理业协会

中国保险资产管理业协会（简称“协会”）在中国银行保险监督管理委员会党委（简称“会党委”）的坚强领导下，深入学习贯彻落实习近平总书记及党中央、国务院关于决战决胜脱贫攻坚的决策部署，以高度的政治自觉全心投入，坚持“精准方略”，注重“志智双扶”，将资源对接与党建帮扶、消费帮扶、设施帮扶、能力帮扶、产业帮扶（“1+5”思路）相结合，引导行业践行社会责任，积极发挥金融优势，全面落实帮扶举措，不断推动行业精准扶贫做深做细做实，助力定点帮扶地区内蒙古自治区乌兰察布市察右后旗乌兰哈达苏木（简称“苏木”）顺利实现脱贫摘帽。

2018年以来，协会坚持从有限的经费预算中总计划拨100余万元[①]，集中支持保障结对帮扶地区乌兰哈达苏木各项脱贫工作开展落实。同时，派出包括党委书记在内共25人次，赴苏木开展季度走访、深入实地调查研究并落实跟进后续工作；积极参与并引导会员单位实现各类消费帮扶177万元，筹措保险资管行业专项产业扶贫资金120余万元用于蘑菇大棚项目建设。2019年当地集体经济收入达18.5万元，贫困户分红达到户均2 500元，推动当地形成了产业带动脱贫的长效机制。2020年新冠肺炎疫情发生以来，协会积极组织全体干部职工参与各类捐助活动，共计捐款近6万元。同时，向苏木政府捐赠防疫急需物资，协助苏木应对防疫物资供应紧张问题。

① 依据中国保险资产管理业协会和中国精算师协会联合党委口径计算。

搭平台，出实招

搭建扶贫协同平台，凝聚行业精准发力攻坚。协会连续三年发布“中国保险资产管理业助力脱贫攻坚倡议书”，于2019年10月17日扶贫日举办“行业助力脱贫攻坚工作交流会”，倡导会员单位加强协同、凝聚力量、汇集资源、创新手段，推进精准扶贫、高效扶贫。

搭建产业帮扶平台，促进长期长效稳定脱贫。协会连同15家行业机构就蘑菇大棚产业项目与苏木政府签约，精准助力当地集体产业提质升级。加强保险机构支农支小对接，扶助当地产业项目实现高质量、可持续发展，逐渐形成特色产业带动脱贫攻坚、引领乡村振兴的长效发展机制。

搭建资源对接平台，探索联动融合发展共赢。制定结对帮扶工作方案，积极发挥资源优势，围绕乌兰察布基础设施、能源开发、特色产业等重点领域项目向保险资金推介对接，助力当地经济发展。建立注册“绿色通道”，建立专人受理、并联查验等机制，保障符合脱贫攻坚条件的项目优先注册。截至2020年8月底，多家保险资产管理机构在新疆、甘肃、云南、四川、贵州等省份注册涉及脱贫攻坚项目的债权投资计划35个，合计注册规模达588.57亿元。

强党建，促引领

突出思想引领。专题研究、深入领会、准确把握相关指示精神和要求部署，持续在党委、支部、党员、群众中，广泛开展多层次全覆盖学习宣传教育，有效建立扶贫一体化的联动保障机制，为助力脱贫攻坚打下坚实的思想基础。

突出实践引领。结合“不忘初心、牢记使命”主题教育开展党日活动，帮助当地开发推介以党建教育、助农扶贫、特色民俗为主要内容的红色主题路线，以鲜活的实践举措，不断夯实广大党员干部参与脱贫攻坚的使命担当。

突出宣传引领。在协会官网官微开设“脱贫攻坚”专栏，推送协会和行业助力脱贫攻坚优秀案例和系统驻村干部优秀事迹宣传稿件70余篇、近5万字；对接《中国银行保险报》《证券时报》《上海证券报》等多家主流媒体就行业助力脱贫攻坚开展宣传报道，彰显了行业助力打赢脱贫攻坚战的初心、信心和决心。

求精准，见实效

坚持项目精准甄别。协会会同苏木政府多次开展实地走访、座谈交流，深入调研当地相关集体经济产业项目的基础设施、特色产品、目标市场、农户收益等情况，甄别遴选出产品特色突出、潜在市场明确、脱贫带动力强的蘑菇大棚项目开展帮扶。

坚持帮扶精准对接。协会同行业机构共筹措120万元资金，帮助填补当地“蘑菇大棚”产业项目资金缺口，加速当地食用菌种植产业建设，形成有经济带动效力、扶贫辐射效应的特色产业发展。

坚持实效精准落地。协调苏木高质量、高效率推进蘑菇大棚项目各项工作。目前20个蘑菇大棚已经完工，预计2020年蘑菇产量有望在原有基础上翻两番，实现年均收入90万元。该项目也将成为苏木首个年收益达20万元的村集体经济，既盘活了当地资源，又持续解决了当地贫困户就业问题，给当地贫困户提供了稳定的收入来源，为全面建成小康社会、实施乡村振兴战略打下了坚实基础。

促联动，保增收

搭建销售渠道。协会积极拓展苏木农牧产品线上销售渠道，开设电商“助农扶贫产品专区”，为当地农牧产品在线销售搭建便捷平台。协会通过员工福利、职工自发购买等方式，采购、消费当地农牧产品金额累计超过16万元。

引导多方参与。召开在京保险资管机构扶贫工作交流会，悉心做好“一对一”服务对接，引导会员单位积极参与消费帮扶，引导会员单位消费帮扶地区农牧产品金额超过170万元。

夯实扶贫联动。签署三方协议，将行业消费订单金额的3%作为苏木政府扶贫资金，为2019年消费扶贫工作表现突出的村委会增加近3万元收入，用于老弱病残贫困户补贴，与脱贫攻坚形成长效联动机制。

抓创新，做实事

推进美丽乡村建设，改善人居生活环境。把脱贫攻坚与美丽乡村建设结合起来，是精准扶贫、精准脱贫的必然要求。协会应苏木政府需求，因地制宜，从专项帮扶资金中划拨15万元用于苏木人居环境整治，在全部30个自然村安置300余个垃圾桶，惠及1 300余户农牧民生产生活，切实改善了当地民众生产、生活环境和生活质量，增强了获得感和幸福感。

推进“智”“志”双扶，提高信息化水平。拨付帮扶资金40万元保障好建设阿达日嘎嘎查党建活动阵地等定点帮扶地区脱贫攻坚工作资金需求，并向阵地捐赠涉及党的建设、农产品种植、畜牧养殖、在线经营等门类书籍近200册。协会带动行业机构捐赠电脑15台，有效加强当地基层扶贫工作信息化保障。通过党建共建、实地调研等多种方式，推动培训交流覆盖苏木基层干部和集体经济带头人20人，进一步提升综合素质和专业能力。

推进保险帮扶，加大服务保障力度。协会着力聚焦“因病、因学、因灾”致贫返贫的贫困户，特别是处于贫困边缘的农村低收入户和人均收入不高不稳的脱贫户两类临贫易贫人群，拨付10万元作为察右后旗基金型“防贫保险”扶贫项目支持资金，预计能够为20户符合理赔标准的临贫易贫户提供保障，有效帮助当地降低因灾因病致贫返贫风险。

做好社会公益，践行社会责任。协会在实现自身发展的同时，一直高度重视履行社会责任，积极参与社会公益活动。自协会成立伊始每年坚持向北京顺义区太阳村捐款捐物“献爱心、送真情”，提供空调、棉被、衣物、清洁剂等物资，为孩子们创造良好健康的成长环境。

接下来，协会将继续深入学习贯彻习近平总书记在决战决胜脱贫攻坚座谈会上的重要讲话精神，以“不获全胜、决不收兵”的坚定信念，走稳、走实、走好“最后一公里”，确保如期全面打赢脱贫攻坚战！

“中国保险资产管理业2019年助力脱贫攻坚工作交流会”
在内蒙古自治区乌兰察布市察右后旗召开，巩固脱贫攻坚成果（2019年10月）

中国保险资产管理业2019年助力脱贫攻坚“产业消费双帮扶先锋”
（2019年10月）

中国保险资产管理业2019年助力脱贫攻坚“产业帮扶先锋”（2019年10月）

中国保险资产管理业2019年助力脱贫攻坚“消费帮扶先锋”（2019年10月）

中国保险资产管理业协会2019年举办在京保险资管机构扶贫工作交流会，将脱贫攻坚工作推向深入（2019年4月）

赴乌兰哈达苏木开展帮扶实地调研（2018年11月）

行业帮扶的蘑菇产业大棚投入使用（2019年10月）

协会党委书记曹德云与察右后旗旗委书记纪全富、副旗长倪龙一同调研蘑菇产业大棚（2020年9月）

蘑菇产业大棚成为苏木首个年收益达20万元的村集体经济

联合党委援建的阿达日嘎嘎查党建活动阵地

向乌兰哈达苏木捐赠电脑（2019年10月）

助力乌兰哈达苏木10个嘎查（村）建立图书角（2020年9月）

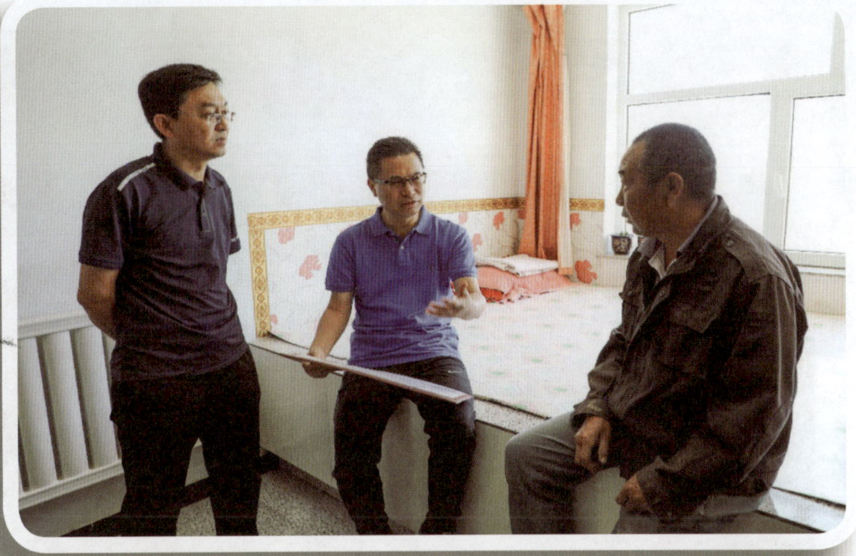

协会党委书记曹德云与乌兰哈达苏木书记昝玉平一同慰问贫困户（2019年6月）

赴乌兰哈达苏木开展深度贫困家庭慰问（2019年1月）

赴苏木开展“不忘初心、牢记使命”主题教育党日活动(2019年6月)

全体党员参观集宁战役纪念馆并宣誓(2019年6月)

乌兰哈达苏木脱贫攻坚战况

一、基本情况

（一）苏木概况

乌兰哈达苏木（简称“苏木”）位于察右后旗中部，地处阴山北麓风蚀沙化贫困带。全苏木区域面积653平方公里，辖5个农区村委会5个牧区嘎查，共10个行政村嘎查，85个自然村浩特，总人口5 091户12 928人，其中常住人口1 492户3 002人，是一个以蒙古族为主体的多民族聚居地区。年均降水量少，无霜期短。贫困人口多，贫困程度深，生产生活条件差，土地贫瘠、十年九旱、广种薄收，是典型的老少边穷地区。

（二）贫困状况

全苏木现有建档立卡贫困人口531户1 153人，其中享受政策435户910人。从致贫原因看，因病因残致贫345人，因学致贫153人，分别占35%、15.2%。从人口结构看，65岁以上227人，占19.7%；无劳动能力252人，占21.9%。老弱病残和发展动力不足是苏木致贫的主因。

（三）减贫情况

截至目前，全苏木8个重点贫困嘎查村全部出列，脱贫人口531户1 153人，未脱贫人口3户6人，贫困发生率由2014年的11.4%到现在全部清零。2018年顺利通过了自治区脱贫攻坚第三方验收，2019年7月接受国务院扶贫办退出抽检。

二、主要措施和成效

脱贫攻坚工作以来，乌兰哈达苏木在旗委、政府的正确领导下，认真贯彻落实习近平总书记扶贫开发战略思想，坚持摘帽不摘责任、不摘政策、不摘帮扶、不摘监管，紧扣“两不愁、三保障”目标，扎实开展“清零达标”专项行动，持续巩固脱贫成效，确保剩余贫困人口全部脱贫，为决胜全面小康奠定坚实基础。

（一）加强组织领导，落实责任到位

及时调整脱贫攻坚领导小组，充分调查研究，制定切实可行的实施方案。继续推行班子成员包嘎查村、干部职工包户的工作机制。苏木党委、政府定期召开推进会、调度会，解决扶贫工作中存在的问题，形成凝心聚力齐攻坚、众志成城共脱贫的工作局面。

（二）注重精准细实，严格执行程序

一是把“精准细实”贯穿脱贫攻坚全过程。从严落实精准识别的标准、步骤、程序和方法，对不符合条件的及时剔除，对应纳入的全部纳入，争取做到不漏一户、不落一人。

二是把“公开透明”贯穿脱贫攻坚全过程。充分尊重群众意愿，全力保障群众参与识贫、扶贫、脱贫过程中的申请、评议、公示、公告等各个环节，确保赢得群众信任、得到群众认可。

三是把“精准施策”贯穿脱贫攻坚全过程。在产业扶贫、发展教育、生态补偿、易地扶贫搬迁、社会兜底等扶贫政策落实上根据村每户的特点分类进行帮扶，做到因村、因户、因人施策。

（三）实施产业扶贫，打牢致富根基

始终把发展产业作为脱贫攻坚的主渠道，大力推行“菜单式”扶贫模

式，通过政府“配菜”、贫困户“点菜”，确定脱贫产业项目，编制“菜单式”脱贫项目库，每个贫困户结合实际选择1~2个脱贫产业，真正扶到点上、扶到根上。

一是注重可持续经营。紧紧围绕为养而种、为牧而农的旱作农业发展思路，着眼于土地的可持续发展，引导种植户科学轮作倒茬，现已有2万亩土地实现以马铃薯与饲用玉米、小麦、油料、杂粮杂豆、蔬菜的耕地轮作模式。

二是注重良种化培育。实施品牌带动战略，大力支持马铃薯种薯繁育和推广体系建设，合理密植、测土配方施肥、病虫害绿色防控和机械化规模种植，苏木共有 1.3万亩马铃薯规模化种植。加强肉牛良种繁育体系建设，大力发展舍饲养殖，由数量型向数质并重调整。

三是做实“菜单式”补贴项目。发展生产种植业补助生产资料，养殖业补助基础牲畜等方式。鼓励享受社会最低生活保障家庭通过“小产业”项目增加收入，政府补贴猪仔、饲料费用。

（四）强化基础设施建设，努力改善人居环境

始终把改善农村生产生活条件作为头等大事，将脱贫攻坚工作与乡村振兴战略同谋划、同部署、同推进。2014年以来，共完成了16个自然村合并，新建集中安置点21个，覆盖精准扶贫户320户；完成1 982户农牧户危房改造，拆除危旧土房310处，院墙18 600延米；建设安全饮水工程312处，农牧户安全饮水保障实现全覆盖；建成通村水泥路280公里、街巷硬化20.5万平方米，实现所有行政村通水泥路目标；苏木卫生院、嘎查村标准化卫生室全部达标；新建村级文化广场10个、文化室10个、嘎查村便民连锁超市5个，其余5个人口较少位置偏远的牧区嘎查由苏木商贸服务中心进行商品派送和流动超市服务，农牧民生活物质需要和精神文明建设得到明显改善；实现嘎查村通动力电、农牧户通生活用电全覆盖。网络通讯、广电宽带覆盖嘎查村和户户通接入率均达到100%。

（五）坚持保障与服务并举，民生事业进一步发展

始终将脱贫攻坚作为最大的政治任务和头号民生工程，层层压实责任，集中力量攻坚，实现扶贫政策全覆盖。

1.紧抓教育扶贫砥砺前行。全苏木教育扶贫实现了全覆盖，共补助94人。其中，小学生每人每学年补助2 190元，初中生每人每学年补助2 460元，高中生每人每学年补助4 850元，大学生每人每学年补助10 000元，资金按照学期申请、按学期发放，解决了贫困家庭子女上学难的问题。

2.推进健康医疗扶贫服务体系。10所标准化卫生室全部投入使用，医疗健康扶贫全覆盖，其中大病患者44人，全部得到救治，慢病认定303人。配送小药箱149个，卫生室送药149人，2016年、2017年、2018年连续三年为贫困户进行免费体检。全面实行“先诊疗、后付费”制度，住院报销比例提高到90%。解决了贫困患者看病难的问题。

3.实施社会兜底扶贫措施见实效。为649名符合条件的农牧户进行兜底保障，实现应保尽保，解决了无劳动能力贫困群众生活难的问题。

4.生态扶贫方面效益显著。2020年，发放贫困人口各类生态补贴125.33万元，将310名建档立卡贫困人口就地转为护林员和保洁员，每人每年获得3 000~10 000元的工资收入并实行绩效工资，既增加了他们的收入，又实现了生态保护。

（六）壮大集体经济，带动群众增收

全苏木10个嘎查村全部实现了5万元以上集体经济的收入，其中7个是实体经济，彻底改变了过去没有集体经济的状况，而且大部分是围绕当地主导产业发展起来的。虽然刚刚起步，但对下一步的发展将起到很大的促进作用，既可以巩固贫困户的收入增加，又可以带动当地产业的发展。

（七）抓好社会扶贫，助力脱贫攻坚

定点包扶的市旗两级工作队在脱贫攻坚中发挥了重要作用。共为贫困村投入资金60多万元，为户贫困户解决出行难、发展庭院生产、集体经济发展

等问题。

2018年，原市规划局为苏木投资30万元，完成了总体规划和特色小镇规划，目前正准备积极申报自治区特色小镇；协调有关部门投资30万元为中国少数民族特色村寨庙沟浩特建设景观大门；协调引进绢花项目，利用闲置厂房，投资150万元建成扶贫车间，已正式投产，带动20多名贫困人口实现就业，辐射周边100多户家庭参与劳务，增加收入；协调解决4个浩特村7.3公里80多户的道路出行难问题。乌兰察布市军分区帮扶100万元为亢家村、亢东坊建设了2个马铃薯窖。2019年，利用京蒙帮扶资金30万元，建成53.4亩玫瑰园，可实现集采摘、观光、深加工为一体的村集体经济。原中国保监会协调上级有关部门投资20万元为亢家村委会建设阵地。中国保险资产管理业协会投资15万元，为易地搬迁村配备350个生活垃圾桶，彻底解决了生活垃圾乱倒现象。协会还积极筹措资金，帮扶建设平地脑包蘑菇大棚项目。目前，中国保险资产管理行业针对蘑菇大棚项目联合帮扶的120万元已经到位，还捐赠40万元用于阿达日嘎嘎查阵地建设。此外，协会还积极协调多家行业机构参与消费扶贫活动，现已取得销售收入177万多元，可实现贫困户收益超过5万元。与此同时，民生保险公司出资10万元为3个行政村的贫困户购买种鸡5 190只，还出资25万元为苏木购置现代化垃圾清运车1台，为产业发展和村容村貌改善发挥了积极作用。

（八）抓实基层党建，促进脱贫攻坚

坚持“强党建促脱贫”，着力在加强阵地建设、加大保障力度、狠抓集体经济、完善责任机制上下功夫，集中最强力量、采取过硬措施、整合最大资源，把党的力量集中在脱贫攻坚最前沿，确保如期完成脱贫任务。

1.加强阵地建设，构筑脱贫攻坚战斗堡垒

大力实施基层党组织规范化建设，按照“突出功能化、突出规范化、突出合理化”的原则，确保基层党组织阵地建设满足新需求、适应新形势、呈现新亮点。一是突出功能化，硬件上奠定坚实基础。二是突出规范化，制度

上完善标准设置。明确了村级活动阵地建设的管理使用和制度设立，划分党员活动室、精准扶贫室等多个功能室，设立“三务”公开栏、人员机构，制定“三会一课”制度、专题组织生活会等各项制度，确保阵地管理制度化，运作规范化。

2.配强干部队伍，凝聚脱贫攻坚强大合力

持续加强农村牧区队伍建设，为抓党建促脱贫提供了重要的支撑保障。一是加强苏木党务干部队伍建设，进一步强化苏木党建工作力量。二是加强嘎查村党组织书记队伍建设。持续开展嘎查村党组织书记集中摸排整顿工作。三是加强嘎查村后备干部队伍建设。坚持发展党员与培养村级后备干部相结合，建立了村级后备干部数据库，为“两委”班子提供了人才保障。

3.加大保障力度，激发干事创业动力

进一步完善农村牧区基层基础保障工作，充分调动嘎查村干部的工作积极性。一是创新嘎查村干部激励机制。二是建立嘎查村级组织工作经费奖励机制，结合评星定级工作进行奖励。三是提高村民小组长年报酬，进一步激发了村民小组长的工作积极性。四是兑现离任嘎查村干部生活补贴。

三、后续巩固及下一步工作打算

（一）扎实推进特色农业产业项目建设，实现规模化、标准化、产业化

一是继续围绕为养而种、为牧而农的旱作农业发展思路，培育形成以马铃薯种植为主，小麦、油料、杂粮杂豆、蔬菜为辅，以燕麦、藜麦、杂粮为特色的种植，持续增加农民收入。二是结合乡村振兴战略完善配套易地扶贫搬迁后续项目建设。三是积极争取新型职业农牧民培训项目，大力开展专业技能培训，使更多的脱贫农牧民成为有技能的专业化人员。

（二）扎实推进畜牧产业项目建设

稳步提升肉牛产业。依托苏木肉牛产业规模的优势，着力抓好特色农产

品（肉牛）建设，引导农牧户大力发展肉牛养殖，提升肉牛养殖水平和养殖效益。

（三）提升文化产业增收水平

重点支持庙沟浩特自驾营地、七顷地民宿建设，拓展牛明村民宿和旧乡政府升级改造，辐射带动周边牧家游、农家乐发展壮大，打造一条以天鹅湖——火山——千年古榆为主的精品旅游线路。

（四）多措并举谋发展，着力壮大集体经济

今后苏木将重点在实体经济上下功夫，将丁木其沟200亩经济林作为集体经济和德德玛艺术职业学院义务植树基地结合起来，打造以休闲、旅游为一体的蒙元文化度假基地；继续做大乌兰忽少奶食加工厂，引导走品牌化路子；完善庙沟浩特自驾营地功能建设，增加休闲娱乐项目，扩大旅游接待能力；加快推进哈必力格嘎查平地脑包蘑菇大棚投入运营，并辐射带动周边村相关产业的发展；石灰图在2019年土地复垦115亩的基础上，2020年再增加185亩复垦任务，可实现集体经济收入10万多元。

（五）党建引领抓巩固，着力加强组织建设

全力提升基层党组织建设制度化、规范化和科学化水平，增强基层党组织抓党建促脱贫的创造力、凝聚力和战斗力。一是抓先进示范引领。在科学合理、规范实用的基础上，重点在组织体系、党员管理、组织生活、服务群众、带领脱贫致富上下功夫，高标准开展基层党组织标准化建设活动，让标准化规范化建设更有内涵，作用发挥更加明显。二是抓后进整顿转化。扎实整顿软弱涣散村党组织，补齐短板。针对存在问题，认真开展自查整改，凝心聚力，强基固本，充分发挥党组织在脱贫攻坚巩固提升中的战斗堡垒作用。三是抓书记责任落实。进一步落实抓党建促脱贫工作责任制，压实主体责任，层层传导压力、压实责任，形成乡村两级书记抓脱贫提升的工作格局，为打好脱贫攻坚巩固提升战提供坚强的组织保证。

乌兰哈达苏木的感谢信

中国保险资产管理业：

2018年以来，在党中央、国务院及自治区、乌兰察布市和旗委、政府的正确领导下，在中国保险资产管理业协会和行业各机构的大力支持下，我苏木上下团结一心、苦干实干，经济社会和脱贫攻坚取得历史性成就，贫困发生率由2014年的11.4%到现在全部清零，2019年集体经济收达18.5万元，提前实现脱贫摘帽。

成绩来之不易，奋斗蕴涵艰辛。苏木脱贫攻坚成就的取得离不开行业各机构的大力支持。自结对帮扶开展以来，中国保险资产管理行业按照党中央、国务院及中国银保监会的决策部署，始终高度重视、倾心关注、倾力支持苏木脱贫攻坚工作，从政策、资金、项目等方面给予充分倾斜，积极帮助苏木解决困难和问题，有力地支持了苏木脱贫攻坚和经济社会发展。

根据中国银保监会整体部署以及中国保险资产管理业协会的号召，行业各机构积极参与帮扶本地特色产业扶贫“蘑菇大棚”项目，共筹措120万元，目前拥有20座蘑菇大棚，包括8个高标准发菌棚，12个双层出菇棚，同时配套建设了管理用房、生产车间、恒温库、水电等设施，预计销售总额将达180万元，贫困户集体经济户均分红能达到2 500元。在中国保险资产管理业协会的协调下，多家行业机构参与消费扶贫活动，现已取得销售收入177万元，可实现贫困户收益超过5万元。

每一分成绩的取得都不轻松，每一个脱贫故事背后都饱含着保险资管行业各机构的倾力支持、深情厚谊。各帮扶机构与苏木贫困群众心手相连、同舟共济，全力以赴补贫困地区之所短，千方百计解贫困群众之所难，如兄弟般支持苏木的脱贫攻坚工作，为苏木决战脱贫攻坚、决胜同步小康作出了积极贡献。

在此，苏木党委、政府代表全体苏木人民向中国保险资产管理行业的大力帮助和支持表示崇高的敬意和衷心的感谢！

苏木脱贫摘帽只是完成了脱贫攻坚中阶段性的任务，不是最终目标，而是新的起点。接下来，苏木将以习近平新时代中国特色社会主义思想为指导，在市委、市政府及旗党委、政府的坚强领导下，继续巩固脱贫攻坚成效，诚挚希望联合党委一如既往地关心和支持苏木，助推苏木再谱新篇，取得更大的发展！

此致

敬礼！

中共乌兰哈达苏木委员会

乌兰哈达苏木政府

2020年9月

“中国民间文化艺术之乡”察哈尔右翼后旗展翅飞翔*

察哈尔右翼后旗（简称“察右后旗”）位于内蒙古自治区中部，乌兰察布市北部，总面积3 910平方公里，辖8个苏木乡镇、15个嘎查、70个村委会、14个城镇社区、2个农村社区、667个自然村，总人口22万，是一个以蒙古族为主体、汉族占多数的多民族聚居旗。

旗政府所在地距乌兰察布市集宁区和乌兰察布市民用机场分别为50公里和36公里，距二连浩特市280公里，距呼和浩特市190公里，距北京市400公里。是内蒙古东进西出的“桥头堡”、南联北开的交汇点，处于“京津冀”“呼包鄂”经济圈交汇地。

察哈尔右翼后旗民族文化底蕴深厚，是察哈尔文化的发祥地之一，2012年被文化部授予“中国民间文化艺术之乡”称号。

察哈尔右翼后旗自然资源丰富，目前已探明的矿种有28多种，有大小河流12条，总长340.3公里。太阳能、风能资源条件好。全旗认证无公害、绿色、有机农畜产品26个，总面积30万亩，是“薯都”核心种植区，“后期红”马铃薯先后荣获5A级国际品牌认证、中国绿色食品博览会金奖等，入选CCTV国家品牌计划。牲畜养殖规模78万头，肉类总产量2.3万吨，绵羊毛产量750吨。

察右后旗高标准规划建设了建材化工和土牧尔台农畜产品加工两大工业

* “察哈尔”是古突厥语，意为“汗之官殿的侍卫”。

园区，入驻企业90多家，直接就业1.2万人，带动就业3万余人。电石综合产能达180万吨，是全国最大的商品电石生产基地。聚乙烯醇（PVA）产能达到20万吨，是国内单体产能高、技术先进的特种PVA生产基地，形成了锂电池负极材料、锂电池正级、石墨电极、石墨坩埚等链条式发展模式。

察哈尔右翼后旗草原辽阔，四季分明，夏秋之际，气候凉爽，是最好的避暑胜地之一。这里有古老神奇的火山草原，火山遗迹涉及区域面积400平方公里；有春秋之季候鸟迁徙、风景秀丽的原生态湿地保护区——天鹅湖；有风景秀丽、碧波荡漾的白雁湖和石门口水库等；有北魏开国都城克里孟古城；有达延汗、林丹汗行宫驻牧的察汗不浪古城和祭祀过的汗乌拉敖包；有清朝康熙皇帝题名为“善福寺”、察哈尔最大黄教喇嘛庙——阿贵庙……

“草原云谷”乌兰察布市华丽转身

乌兰察布市位于内蒙古自治区中部，区位优越，交通便捷；风光秀美，生态宜居；历史悠久厚重，文化灿烂多姿。乌兰察布“草原云谷”“中国草原避暑之都”“空中三峡风电之都”“吉祥草原 神舟家园”“中国马铃薯之都”“草原皮都”“中国燕麦之都”“中国草原酸奶之都”“中国最美养生休闲旅游城市”等众多靓丽名片向人们展示着其独具特色的迷人魅力；“对外开放新高地”的崭新定位，引领着这座美丽的塞外名城加速与世界各国及地区的互联互通，大美乌兰察布正冉冉升起为我国向北开放的一颗耀眼明星。

乌兰察布区位交通优势突出，是连接东北、华北、西北三大经济区的交通枢纽，也是我国通往蒙古国、俄罗斯和欧洲各国的重要国际通道。随着我国加快实施“一带一路”倡议，乌兰察布对外开放发展的潜力进一步释放，与世界各国互联互通的步伐进一步加快，对外贸易快速发展，被评为“中国外贸百强城市”。

为更好地服务高质量发展，乌兰察布正在大力改善营商环境，设立“大项目代理服务窗口”，企业开办办结时限只需要3个工作日；推出更优的扶持政策，制定《招商引资十条优惠政策》，并被美国米尔肯研究院评为2018年度“中国最佳表现城市”之一。

乌兰察布是全国唯一一个非省会城市的中欧班列枢纽节点城市。中欧班列首发后第一年增速全国第一，总开行数全国第五，已累计开行207列，运输货物14.8万吨，货值5.03亿美元。

乌兰察布现代物流业蓬勃发展。2019年，乌兰察布成功入选“陆港型国家物流枢纽载体城市”。

乌兰察布大数据产业异军突起。围绕数据中心建设，大数据上下游产业链发展迅速，“草原云谷 南贵北乌”的大数据产业发展格局业已形成。乌兰察布被评为“最适合投资数据中心的城市”。目前全市已有华为、阿里巴巴、苹果等9个数据中心落地，投资规模达301亿元，服务器规模达到130万台。

乌兰察布素有“空中三峡 风电之都”的美誉。风电、光伏装机达630万千瓦。乌兰察布还是全国最大的绿色合金生产基地。

高举“绿色牌”，勇走“特色路”，乌兰察布正在实现由传统农牧业向高质量现代农牧业的“华丽转身”！马铃薯、燕麦、冷凉蔬菜占总播面积的56%，中旗胡萝卜、商都西芹、化德大白菜、卓资西兰花、前旗甘蓝、兴和圆葱大葱、凉城甜玉米等特色蔬菜享誉国内外，产品远销京津以及全国20多个省区大中城市，出口俄罗斯、蒙古国、日本、韩国及东南亚等国，是全国三大冷凉蔬菜生产基地之一。

乌兰察布建成标准化示范牧场39个，以肉羊、奶牛、生猪为主的规模化养殖场达到141家，畜禽良种化率提高到90%，养殖业现代化水平不断提高。面向首都、辐射全国、重要绿色通道的得天独厚奶源优势让“中国酸奶之都”的桂冠花落乌兰察布！

媒体报道摘选

银保监会召开定点扶贫工作领导小组会议，传达学习习近平总书记近期关于脱贫攻坚工作一系列重要讲话精神，总结2018年定点扶贫工作，安排部署2019年重点任务。

银保监会党委书记、主席郭树清出席会议并讲话，党委委员、副主席黄洪、曹宇分别对做好内蒙古自治区察右中旗、察右后旗和甘肃省和政县、临洮县的定点扶贫工作提出要求。会议由银保监会党委委员、副主席祝树民主持。

会议总结了银保监会系统定点扶贫工作取得的积极进展。4个定点扶贫县（旗）中，内蒙古自治区察右后旗已经通过第三方验收，成功“脱贫摘帽”，其余3个县预计今年也将摘帽。

《金融时报》 2019年4月12日

2018年12月下旬，察右后旗成功接受了国家脱贫验收考核，摘了“贫穷帽”。截至2018年底，66个重点贫困村全部出列，脱贫人口6 797户14 293人，未脱贫人口1 089户2 262人，贫困发生率由2014年的12.6%降至1.3%。

《工人日报》 2019年1月21日

中国保险资产管理业协会贯彻落实党中央、国务院及中国银保监会党委关于打赢脱贫攻坚战的决策部署，积极针对苏木开展结对帮扶，发掘当地在农业、旅游等方面的区位优势，号召行业机构开展产业帮扶、消费帮扶，发挥金融、保险作用，帮助当地建设一条可持续发展的脱贫之路。

《保险资产管理业深入帮扶地区　探索“产业+金融”的脱贫之路》

《中国银行保险报》　2019年11月14日

中国人寿2017年11月创立了全国首只由帮扶单位牵手国家级贫困县，共同出资设立的扶贫产业基金“国寿丹江口绿色扶贫产业基金”，规模2亿元。该基金致力于投资丹江口市对扶贫带动作用明显的现代农业产业等领域，为当地企业提供寿险、财险、银行、养老险、客户资源等多种金融保险服务，推动脱贫攻坚工作深入开展，促进丹江口市真正实现由“输血”式扶贫向“造血”式扶贫加速转变。

《险资投资演变：余额已近16万亿》

《中国银行保险报》　2018年12月17日

2020年是我国决战决胜脱贫攻坚的一年，太保资产持续关注贫困地区，公司今年在贵州地区新增产品2项，投资金额34亿元，涉及水利、能源等领域，为提高当地的基础设施水平贡献力量。

《太保资产另类投资实现“开门红”一季度注册产品规模同比增57%》

中国证券网　2020年4月21日

按照保监会、国务院扶贫办联合下发的《关于做好保险业助推脱贫攻坚工作的意见》要求，由中保投资发起设立并管理中国保险业产业扶贫投资基金。基金本着自愿原则面向保险行业广泛募集，总规模约100亿元。第一期规模10亿元，由45家保险机构积极认购。基金按照政策引导、市场化运作、风险可控等原则进行管理，发挥保险资金长期投资的独特优势，投向贫困地区资源开发、产业园区建设、新型城镇化发展，并带动其他社会资金流入，促进贫困地区经济发展和贫困人口脱贫。

《保险业产业扶贫投资基金首个项目落地河北阜平》

《21世纪经济报道》 2017年1月19日

中国人民保险集团先后形成了河北阜平模式、云南昭通模式、河南政融保模式等一系列成功的实践经验，并申请获批250亿元的中国人保支农支小融资业务试点额度，在扶贫工作中走在了行业的前列。

《立足使命 落实担当：人保资产的家国情怀》

《财经》 2017年第25期 总第512期

通过开展保险资金“支农支小”，有利于探索保险业服务实体经济的新路径，引导保险资金支持“三农”和“双创”；有利于发挥保险保障、资金支持以及农村扶贫数据集合等支农优势，探索精准扶贫；有利于降低社会融资成本，推进供给侧结构性改革；有利于为保险客户提供延伸金融服务，带动农业保险、保证保险等多险种业务发展，是保险业推进供给侧结构性改革的有益尝试，值得继续探索。

《支农融资模式先行 险资探索精准扶贫新途径》

《上海证券报》 2017年4月29日

阳光保险爱心基金会持续致力于贫困地区教学条件改善，目前已在全国各地捐建博爱学校59所。其在参与社会服务项目及多层次社会保障体系构建中，发挥了保险企业作为社会“稳定器”和经济“助推器”的作用。

《助力精准扶贫，彰显阳光温暖》

搜狐网 2020年3月27日

第二篇
险资助力

志不求易，事不避难，臣之职也。

不遇盘根错节，何以别利器乎？

——《后汉书·虞诩传》

“龙头企业+农户”“政融保”

——人保资本投资管理有限公司创新保险支农扶贫新模式

近年来，在我国社会融资规模迅速增长的同时，“三农”和中小微企业融资难、融资贵的问题也愈发突出。为响应国家号召，支持“三农”和中小微企业发展，人保集团从2016年开始探索利用保险资金开展“支农支小”普惠金融业务。依托人保财险的机构网络优势，结合现行监管政策，在集团党委的大力支持下，人保资本投资管理有限公司(简称“人保资本”)大胆创新，设计了支农专属资管产品和合作方案，开拓出“龙头企业+农户”“政融保”等具有保险特色的金融扶贫新模式，在一定程度上缓解了“三农”和中小微企业融资难、融资贵的问题。

河北省阜平县地处河北省保定市西部，老区、山区、贫困地区“三区合一”，是河北省农副产品出口基地县。人保资本支农融资业务于2016年6月在河北省阜平县正式落地，通过三年多的业务发展，截至2019年末，已为阜平县近4 000余户企业和个人累计提供支农融资资金近5亿元。其中，阜平县福泉牧业有限公司是该县最大的规模化肉羊养殖基地，主要通过“龙头企业+农户”形式开展肉羊养殖。自2016年起，人保资本与阜平县政府密切合作，累计通过保险资金支农融资业务为该公司提供融资支持1 400万元，并由当地政策性担保公司为企业提供担保，有效缓解了公司发展面临的“融资难、融资贵”的问题，也加快了贫困地区脱贫致富的步伐。

福泉牧业的主营业务是肉羊养殖与加工，占地200余亩，主要通过“龙头企业+农户”业务模式开展肉羊养殖与屠宰加工，最大肉羊养殖规模为

“龙头企业+农户”

40 000只。福泉牧业公司在政府的产业指导与政策支持下，建设肉羊养殖基地与屠宰加工基地，养殖基地部分自养，部分免费提供给农户与贫困户养殖。农户可通过福泉牧业购买肉羊与饲料，也可自己外购。福泉牧业为基地提供技术指导，养殖成羊统一由福泉牧业按市场价格收购后进行屠宰加工。在该模式下，人保资本通过资管产品为合作农户与贫困户提供融资支持，由当地政策性的担保公司为农户提供担保，由福泉牧业为农户的融资提供反担保。为保证融资专项用于养殖业务，福泉牧业统一管理农户融资专用银行卡，对融资用途实行监控。

人保资本为福泉牧业“龙头企业+农户”业务模式提供支农融资支持，着重从“农户准入、专业技术服务、肉羊收购、资金担保支持”等方面分析福泉牧业对合作农户及贫困户的扶持带动作用，引导福泉牧业加大对合作农户的支持与指导力度，引导合作农户及贫困户提高养殖户的养殖积极性，从

人保资本“龙头企业+农户”业务模式登上央视新闻

而加快当地贫困户脱贫致富的步伐。

一是引导做好“农户准入”，科学带动贫困户脱贫致富

为响应政府号召，带动当地贫困户脱贫致富，人保资本在为福泉牧业提供融资支持时，引导其在为农户免费提供养殖基地时，着重着眼于优先满足贫困户的养殖需求。目前，进场合作养殖的农户已达100余户，绝大部分是贫困户。同时，根据养殖户的养殖能力，着眼于科学制定客户养殖规模，降低养殖成本。

二是全面开展“专业技术服务”，提高农户养殖成活率

作为当地最大的规模化肉羊养殖基地，福泉牧业长期聘用配料、防疫等技术管理人员，定期为农户提供技术指导，使得农户的肉羊养殖成活率明显高于其他养殖场。

三是负责完成“肉羊收购”，打通农户养殖“最后一公里”

为解决当地信息不畅通、运输成本高等制约种养殖农户的产品销售问题，福泉牧业结合实际，建成投产了年肉羊屠宰量达20万只的加工基地，并与农户签订购销协议。一方面部分解决了福泉牧业肉羊加工屠宰上游的问题；另一方面，彻底解决了农户“销售难、销售价格低”的问题，也确保了合作农户有稳定的养殖收入。

四是引导提供“资金担保支持”，解决农户融资难问题

在“龙头企业+农户”的生产经营模式下，人保资本不仅为龙头企业在“政融保”模式下提供了融资，也为与企业合作的农户创新设计了融资方案：农户根据购买数量及资金需求，通过福泉牧业向“支农融资业务”提出申请融资，由当地政策性的担保公司为农户提供担保，由福泉牧业为农户的融资提供反担保。为了保证农户融资专项用于养殖，福泉牧业对农户的融资银行卡进行统一管理，对资金划转进行全程监控，确保借款用于正常生产经营与扩大再生产。

“政融保”

人保资本与阜平县政府合作，开展保险资金支农融资业务，通过对“龙头企业+农户”的生产经营模式提供融资支持，在保险资金支农融资业务带

河北扶贫菌菇企业调研

动农户增收、贫困户脱贫方面探索出了一条新路径。

一是与政府密切合作，助推当地实现脱贫摘帽

为支持阜平县探索形成精准扶贫的新路径，带动当地农业特色产业发展，人保资本与阜平县政府签署了“政融保”金融扶贫项目合作协议，约定保险资金支农融资业务为双方共同认定的“三农”客户提供融资服务，并由阜平县政府担保公司为融资业务提供担保服务，确保了融资客户全部为从事农业生产经营的“三农”优良客户，也确保了保险资金本息安全。人保资本通过支农融资业务也为阜平县脱贫摘帽贡献了力量。2020年2月20日，河北省扶贫开发办公室发布公示，阜平县达到贫困县退出标准，拟按程序退出贫困县序列，预计一季度将正式脱贫。

二是为龙头企业提供融资服务，支持其做强做大

福泉牧业根据阜平县政府的产业规划开展肉羊养殖与加工，是当地最大的规模化肉羊养殖基地与产业化龙头企业。人保资本通过保险资金支农融资业务为其提供融资支持，解决了企业扩大生产规模的资金需求，有效支持了该公司进一步做强做大，从而实现规模化生产。

三是通过龙头企业扶持农户，扶贫成效明显

在福泉牧业“龙头企业+农户”业务模式下，人保资本一方面为福泉牧业提供融资支持，同时也为与其开展合作的农户与贫困户提供融资支持，有效解决了农户与贫困户养殖所需资金不足的问题，有助于带动贫困户脱贫致富。截至2019年底，福泉牧业带动贫困户101人，年户均增收1 400元；带动周边村就业人员20人，年均增收30 000元；带动养殖户40户，年均增收30 000元。

四是创新了资金监管方式，实现资金专项用于农业生产经营

为确保支农融资资金专项用于肉羊养殖，人保资本在为农户提供融资支持的同时，创新方式方法，依托福泉牧业实施资金管理与划转，实现了融资资金的全流程监管，确保了资金专项用于农业生产经营，从而有效防范了资金被挪用的风险。

五是积极带动保险主业的发展并实现良性互动

2016~2019年，通过在当地开展支农融资业务，人保财险阜平县支公司与当地政府形成了良好的互动，因地制宜地在当地累计开办农业保险品种30个，农业保险保费收入累计达到8 606.18万元。其中，福泉牧业累计保费186.36万元，在保障了当地农业企业和客户的利益同时，也积极地带动了保险主业发展。

思考与启示

随着中央鼓励发展农业适度规模经营政策的确立，以龙头企业为代表的新型经营主体将进一步发展壮大，其融资需求也将不断攀升。“龙头企业+农户”模式使农户以龙头企业为纽带实现了集约化、组织化经营，降低了农户融资成本，控制了融资风险，为创新服务“三农”新模式开辟了新的思路。人保支农融资业务紧紧抓住这一历史机遇，加大对“龙头企业+农户”经营模式的支持力度，人保资本的脱贫攻坚工作也通过支农融资业务得到了稳步推进，获得了积极成效。

人保资本也将牢牢把握住历史机遇，在国家相关政策的指导和支持下，利用这一契机，强化产品创新力度，加快推进业务进程，不断提升管理水平，坚定不移地把“支农支小”融资业务做出品质、做出品牌，为打赢脱贫攻坚战、全面建成小康社会做出自己应有的贡献。

喝上放心水

——新华资产管理股份有限公司助力贵州解决缺水难题

2020年5月29日，新华资产管理股份有限公司（简称“新华资产”）发行“新华-贵州水投水务基础设施债权投资计划（1期、2期）”（简称“投资计划”），计划存续期10年，为贵州水投水务集团有限公司（简称“贵州水投水务”）募集资金13.3亿元，投向贵州脱贫攻坚城乡供水巩固提升工程威宁自治县项目（简称“威宁项目”）、贵州省务川自治县脱贫攻坚农村饮水安全PPP项目（简称“务川项目”）和金沙县脱贫攻坚城乡供水巩固提升项目（简称“金沙项目”），用于项目开发建设，助力脱贫攻坚。

贵州是国家贫困发生率较高的省份，截至2020年5月底，全国52个未“摘帽”的贫困县中有9个在贵州。由于工程性缺水，当地许多百姓几年前仍通过肩挑车拉的方式运水。以威宁县为例，无论在山上还是山下，当地年降雨926毫米，似乎并不缺水，然而，当深入盐仓、板底、斗古等乡镇，无论是人畜饮水还是发展用水，缺水状况却真真切切：板底乡登底村，一个不到2 000人的小山村，2018年曾花了20多万元在全村钻了4口井找水，最深的一口井钻了90多米，终于见了水，但有股怪味只得放弃，另外三处压根没水。在盐仓镇，多数群众饱受缺水苦恼，有人尝试自费挖井却以失败告终。2016年，该镇盐仓村村民集资建水厂，耗时1个多月从10多里外引水，每吨水成本高达10元。

这样的困境，不只发生在威宁，同样发生在贵州许多贫困地区，降雨丰富却又极度缺水，这种看似矛盾的情形，却真实存在于贵州许多地区。

村民们用肩挑水[①]

用上自来水的群众

① 本文图片均来自贵州水投水务官网。

矛盾的背后和贵州的喀斯特地形地貌有关。贵州多地山高坡陡，地形破碎，地面土层薄，存水蓄水难，导致水资源短缺，俗称“工程性缺水”。实际上，贵州不缺水，缺的是留得住水的工程。几年前，许多乡亲用“做梦都在修水库”，表达他们对水资源的期盼。喝上安全清洁的自来水，是当地许多老百姓的心愿，也是党中央对地方脱贫攻坚工作的要求，更是贵州水利部门多年努力的目标。

威宁彝族回族苗族自治县饮水工程

威宁彝族回族苗族自治县位于贵州省境西北部，是贵州省面积最大、海拔最高的县，也是贵州面积最大的民族自治县。乌蒙山脉贯穿县境，其间屹立着四座2 800米以上的高峰，县境中部开阔平缓，四周低矮，峰壑交错，江河奔流，特殊的地理环境和海拔高度严重制约了当地经济发展。截至2020年5月底，威宁县仍属全国52个未脱贫摘帽的国家级贫困县之一，许多老百姓仍然喝不上清洁、方便的自来水。

威宁项目由贵州水投水务与威宁自治县水务局签订PPP协议，成立项目公司通过PPP模式对全县34个乡镇的水厂、管道进行新建、扩建、改造等工作，以解决供水区226个村、846个组，共计74.49万人的饮水问题。

务川仡佬族苗族自治县饮水工程

务川仡佬族苗族自治县属遵义市下辖自治县，是中国两个以仡佬族为主体民族的少数民族自治县之一。曾经的务川，是贫穷落后的代名词。2014年，全县1 318个村民组通组公路硬化率仅为31.86%，农村安全饮水覆盖率仅为64.61%。山高路远、设施落后、饮水困难严重制约了当地产业发展，水资源缺乏很长时期内都是当地脱贫的最大拦路虎之一。经过多年努力，务川县于2019年4月24日退出贫困县序列，但仍有大量饮水工程和设施需要完善，乡亲饮水问题仍需巩固。

威宁石门乡水厂复工现场

威宁盐仓水厂核心水处理设备

务川项目由贵州水投水务与务川县水务局签订PPP协议，成立项目公司，通过PPP模式在全县15个乡镇117个村新建取水池1 287处，新建清水池1 422座，以巩固共计22.05万人的安全饮水工程。

金沙县饮水工程

金沙县位于贵州省境西北部、毕节市东部，有汉、苗、彝等15个民族。尽管金沙县不是贫困县，但仍有不少贫困村，部分乡镇贫困发生率仍然较高，实现贫困人口“清零”任务十分艰巨。

金沙项目由贵州水投水务与金沙县水务局签订PPP协议，成立项目公司通过PPP模式在全县24个乡镇新建21座水厂，改扩建2座水厂，并对供水管道进行新建、扩建、改造等工作，以解决供水区187个村，巩固共计57.44万人的安全饮水问题。

思考与启示

国务院扶贫办、国家卫健委等机构明确指出，解决建档立卡贫困户饮水安全，是实现脱贫攻坚“两不愁、三保障”总体目标中“不愁吃”的重点工作。

“金融要为实体经济服务，满足经济社会发展和人民群众需要。”新华资产深入贯彻落实习近平总书记关于金融工作的指示精神，充分发挥自身专业优势、资金优势，在融入国家战略、服务实体经济、助力脱贫攻坚等方面，大批项目顺利落地。此次发行的债权投资计划资金将用于三个县城、多数贫困区域和村镇的供水设施建设、更新、运营。项目建成后自来水直接入户，可以直接解决154万农村、乡镇人口的安全饮水问题，极大地帮助当地攻克脱贫攻坚堡垒，补足“三农”领域的突出短板，为实现全面小康和脱贫攻坚战顺利收官做出突出贡献。所有努力都彰显了新华资产支持服务国家战略的使命意识和责任担当。

产业扶贫　阳光助力

——阳光资产管理股份有限公司为打赢扶贫攻坚战贡献“阳光组合拳”

2017年6月23日，阳光资产管理股份有限公司（简称“阳光资产”）成功发行“阳光-中国铝业债权投资计划”，募集资金20亿元全部投向中国铝业集团有限公司（简称“中铝公司”），用于其“云南迪庆普朗铜矿”项目建设。

陷入贫困的香格里拉县

普朗铜矿矿区所在地云南省香格里拉县，是以藏族为主的多民族聚集地，经济发展落后，属于典型的“老、少、边、穷”贫困地区，2000年被列入国家扶贫开发工作重点县。

据统计，截至2017年，香格里拉县共有11个乡镇，600多个自然村，4万多户人家，其中贫困村达到38个，贫困户数多达9 000余户，贫困人口超过2万人，贫困发生率超过20%。

香格里拉县地处高原，平均海拔3 000多米，自然灾害频繁。当地居民主要以农业和畜牧业为生，经济作物为青稞，经济附加值低。而贫困户多数是无畜户或少畜户，主要经济来源为低保金、养老金，靠政策性收入来维持基本生活。

高山深谷的地貌特征导致香格里拉县交通、通讯建设成本较其他地区高，基础设施建设水平严重滞后，上学、就医、出行难的问题突出。

阳光组合拳

阳光资产紧扣“围绕中心、服务大局”的宗旨，以“精准扶贫”为工作原则，为打赢扶贫攻坚战贡献了一记漂亮了“阳光组合拳”——产业扶贫+扶志扶智同进+土地流转。

产业扶贫

综合来看，香格里拉县的贫困主要是由于自然条件恶劣、灾害频发、高寒缺氧的环境因素和经济起步晚、基础差、人口文化素质低的历史因素造成。鉴于香格里拉县具有优质的铜、金、银、钼等矿藏资源，金属开采和冶炼产业的发展可为当地提供大量的就业机会，以及为政府提供丰富的税收，并倒逼推进当地道路、水利工程、危房改造等基础设施的建设。为支持香格里拉县金属开采产业的发展，阳光资产特别设立“阳光－中国铝业债权投资计划”，投资20亿元助力普朗铜矿的建设。

扶志扶智同进

扶贫工作的根本大计是要阻止贫困的代际传递，加大对贫困人口的教育和技能培训是打破贫困代际传递的关键一招。另外，香格里拉县产业结构的调整、新业态的涌现，必须有大量具备相关职业技能的人才和劳动力予以支撑。中铝公司下属云南铜业高级技工学校免费为当地居民提供技术技能培训，培训结束后可到普朗铜矿进行相关工作，“授人以鱼”也“授人以渔”，提升了香格里拉县的持续发展内生动力。

土地流转

普朗铜矿的建成和运营，使香格里拉县有劳动能力的贫困户脱离传统的农业、畜牧业，参与工业生产、分享工业红利，同时富余的土地可通过转包、出租、入股、互换、转让等形式流转，也增加了一份土地流转收入。土地流转提升了土地集约程度，增加了土地的使用效率和价值，加快了农业结构调整产业化进程，有助于进一步吸纳社会资金投入，切实增加当地人民收入，实现尽快脱贫。

精准对接特色产业

——生命保险资产管理有限公司积极填补金融服务需求

生命保险资产管理有限公司（简称“生命资产”），高度重视助力脱贫攻坚工作，坚决贯彻落实党中央、国务院决策部署，精准对接特色产业金融服务需求，采取切实措施，扎实推进助力脱贫攻坚工作。兰州国际高原夏菜副食品采购中心项目、河北新发地农副产品物流园项目、兖矿集团新疆年产60万吨醇氨联产项目取得重大进展。

兰州国际高原夏菜副食品采购中心项目

2013年，甘肃省政府将高原夏菜市场交易中心建设列入甘肃省重大项目工程，围绕“3341”项目工程和“1236”扶贫攻坚行动，加大项目推进力度。该市场是甘肃省政府2013年批准建设的甘肃省八大区域性市场之一及西北最大国际化农副产品集散中心，是兰州市最大的“菜篮子”惠民工程，被列为甘肃省“3341”重点工程和兰州市重大项目建设工程，同时纳入甘肃省发改委“一带一路”储备项目库。

2015年，该项目被商务部确定为国家公益性农产品市场建设试点项目，也是兰州市政府确定的老旧农贸市场出城入园承接地重点建设项目。该项目于2017年被榆中县扶贫开发办公室认定为中长期扶贫项目，并于2018年被认定为兰州市榆中县重点产业扶贫项目。

2016年，兰州国际高原夏菜副食品采购中心破土动工。据悉，项目建设分为二期。其中，项目一期占地面积约2 229.6亩，建筑面积约100.21万平方米，计划投资25亿元，主要完成高原夏菜交易区建设，重点建设蔬菜销售、农副产品交易等十二大功能区及部分基础设施。项目二期占地约2 608亩，建筑面积约187万平方米，计划投资67亿元，主要建设信息展示研发中心及八大子功能区。项目建成后预计年交易量将达到500万吨，年交易额达到250亿元以上，可吸纳劳动力8万人，带动就业10万人。

兰州国际高原夏菜副食品采购中心

生命资产作为受托人向委托人发行受益凭证募集资金，以债权的形式投资兰州国际高原夏菜副食品采购中心项目。“生命资产-兰州高原夏菜采购中心债权投资计划”已于2018年7月经监管机构审批同意成功注册并成功设立，项目融资规模14亿元，期限为3年。截至2019年12月31日，该债权计划余额为5.30亿元。

该投资项目位于我国西部地区，是甘肃省重点民生工程建设项目，将实现产销对接，解决西北农副产品滞销和价格波动过大的问题。未来，这里将建设成为西北农副产品的信息中心、价格中心、物流中心和电商中心。项目建成后，将形成十万人左右的小城镇，带动周边劳动力就业，为当地打赢脱贫攻坚战起到积极的促进作用。

河北新发地农副产品物流园项目

河北新发地农副产品物流园项目位于河北省保定市高碑店市，地处京津冀协同发展、疏解北京非首都功能的重要区域。作为北京、天津的重要农副产品供应地及全国最大农副产品集散地，项目充分发挥了其在农副产品交易、集散、分流、配送等方面的经验优势和农副产品综合服务平台作用。

河北新发地农副产品物流园区占地2 081亩，总建筑面积160万平方米，总投资54亿元。

河北新发地农副产品物流园项目

生命资产与河北新发地农副产品有限公司达成合作，成功以债权的形式投资河北新发地农副产品物流园项目。公司根据物流园类项目资金回流长期稳定的特性，设立了10年期的“生命资产—河北新发地不动产债权投资计划”。截至2019年12月31日，该债权计划余额为4.80亿元。

河北新发地农副产品物流园项目通过提供扶贫特色展厅，无偿设立专门销售贫困县农副产品的扶贫专柜，优先收购贫困县的农副产品等措施，助力各贫困县脱贫致富。2016年，河北新发地农副产品有限公司与保定市9个贫困县举行扶贫对接座谈会，并分别签订农副产品销售合作协议，把河北新发地农副产品物流园对农产品的需求与各贫困县的农产品供给结合起来，创新定点扶贫，合理配置贫困县农副产品资源，为其打开市场销路，助力当地贫困县脱贫。园区设立“特色农产品直销区”，引导农民规模化、标准化种植，陆续在贫困地区和主产区建设具有公益属性的产地收集市场，并逐渐扩大到河北全境，创新河北农产品流通体系。

截至目前，物流园一期项目已基本建成，主体部分为农批市场，包括蔬菜、水果、冻品、粮油、干货、副食品等经营品种的批发交易区；生活配套服务区包括金融街、河北新发地国际酒店、小学、幸福城住宅小区等。

兖矿集团新疆年产60万吨醇氨联产项目

兖矿集团新疆年产60万吨醇氨联产项目位于新疆维吾尔自治区乌鲁木齐市米东区高新技术产业园（甘泉堡工业区），项目总投资409 760万元，项目审批手续齐备。生命资产于2018年8月成功发起设立“生命资产—兖矿集团新疆煤化基础设施债权投资计划”。截至2019年12月31日，该债权计划余额为2.40亿元。

兖矿集团新疆年产60万吨醇氨联产项目是兖矿集团新疆煤电化基地的先期项目，也是新疆首个多品种、多联产、循环式煤化工项目，采用兖矿集团拥有自主知识产权的多喷嘴水煤浆加压气化技术，具有很高的技术含量、经济价值和社会效益，充分体现了高科技、先进技术、低碳、绿色环保、可持续发展的要求，为今后新疆煤化工发展起到了很好的示范作用。同时，该项目作为兖矿集团在新疆建成化肥、煤制油、煤制天然气、热电联产及其他煤化工产业循环经济等产业的基础和平台，对加快新疆煤化工产业发展、推进基础设施建设、推进新型工业化建设具有重要意义。

兖矿集团新疆年产60万吨醇氨联产项目

支农支小　助力脱贫

——长江养老保险股份有限公司创新金融服务支持生产发展

2019年12月20日，“长江养老—中和农信支农支小资产支持计划”募集资金5.01亿元顺利划付原始权益人指定账户，标志着在资产支持计划产品实行中保登注册制以来，行业内首单“支农支小类”资产支持计划正式设立，也是长江养老保险股份有限公司（简称“长江养老”）持续推进业务创新转型、助力脱贫攻坚的积极尝试与重要成果。

本支持计划由长江养老担任受托管理人，以中和农信项目管理有限公司（简称“中和农信”）下属小额贷款公司作为原始权益人，以各原始权益人日常经营“支农支小”业务形成的小额信贷资产为基础资产，通过资产证券化的形式进行融资。本支持计划投资规模5.01亿元，投资期限不超过24个月，设计优先劣后结构分层，其中优先级份额5.0亿元，劣后级份额100万元。中和农信担任资产服务机构并全额认购劣后级份额，并对优先级份额提供差额补足义务。同时，中证信用增进股份有限公司（简称“中证增”）为优先级份额提供担保。本支持计划于2019年12月2日经中保登注册，于2019年12月20日完成缴款并设立。

长江养老作为中国太平洋保险（集团）股份有限公司旗下的专业养老金管理公司，专注养老金管理主业、聚焦长期资金管理、全面服务养老保障三支柱，持续推动养老金管理与社会经济发展的良性互动，引导长期资金支持实体经济发展和助力扶贫攻坚，通过债权、股权、资产支持计划等多种形式累计为实体经济发展投资超过1 300亿元。

本支持计划的设立，是长江养老充分发挥保险资金、养老金等资金优势，依托中和农信长期专注农村小微金融市场、长期服务广大农户的经营优势，通过资产证券化的形式为中和农信提供融资支持，用以满足中和农信更好地为广大农户及中低收入群体提供金融服务，服务“三农”与实体经济发展，助力国家脱贫攻坚目标的实现。

本支持计划的设立，前后历时近2年，期间历经了多轮次的监管沟通、企业尽调访谈、交易结构变更、内部讨论决策、基础材料与报告的数据更新等，对“支农支小”的业务模式与特点、风险特征与防范、产品管理与维护等核心内容有了更加充分的认识与理解，为后续开展“支农支小”业务打下了坚定基础。

本支持计划是探索保险资金更好地服务实体经济的重要尝试。保险资金具有资金规模大、久期长、风险收益稳健等特征，能够为实体经济的重大工程项目、重点产业发展提供有力支持。经过十余年的发展，保险资金通过另类投资业务为实体经济提供了大量的资金支持，保障了一批如京沪高铁、南水北调、西气东输管道等一系列重点工程项目建设。与此同时，保险资金的弱风险偏好也制约着保险资金在小微企业、“三农”和民营企业等领域融资业务的开展。

本支持计划通过中和农信为广大农户、个体工商户等低收入群体提供融资服务，解决农村等偏远地区贫困群体的融资需求，用于支持生产发展，实现脱贫致富。与此同时，本支持计划通过设计合理的内部、外部信用增级安排，充分保障保险资金的投资资金安全，以实现保险资金投资业务的经济性与可持续性，从而更好地为实体经济服务、助力实体经济的发展。

自2019年7月资产支持计划注册工作正式启动以来，中保登在资产支持计划注册业务的团队建设、制度建设、系统建设、查验标准建设等方面投入了大量的工作。截至2019年末，全行业累计完成注册资产支持计划产品共8单，其中基础资产主要以租赁资产为主。本支持计划不仅是唯一一单以小额信贷资产为基础资产的产品，同时也是保交所场内发行的首单“支农支小”产品，产品的注册与发行有利于促进行业能力建设，提升金融市场功能，以更好地实现资产支持计划业务的发展。

着眼长效　搭建脱贫攻坚新通道

——中意资产管理有限责任公司助力脱贫驶上“快车道”

中意资产管理有限责任公司（简称“中意资产”）高度重视参与精准扶贫、助力脱贫攻坚工作。除积极参与集团统筹安排扶贫活动、购买支持精准扶贫产品等日常扶贫工作外，中意资产也在不断完善扶贫举措，谋求公司业务经营与助力脱贫相结合的创新方式。

中意—四川叙大铁路基础设施债权投资计划

中意资产利用保险资金债权投资计划的方式，发挥保险资金期限长、成本稳定的优势，支持四川省泸州市古蔺县、叙永县两个革命老区国家级贫困县扶贫工程建设，通过发起设立“中意—四川叙大铁路基础设施债权投资计划”，投资5亿元，用于两个贫困县货运铁路——叙大铁路建设。结束了区域不通铁路的历史，助力脱贫攻坚搭建新通道，打开新局面。

古蔺县和叙永县地处四川省泸州市东南部，为四川省与贵州省交界地带，毗邻贵州遵义、毕节。两县域内赤水河即为红军长征中“四渡赤水”战役发生地，与流域沿途的习水、仁怀、镇雄等地区共同组成“川滇黔革命老区”，亦是重要的红色主题教育基地。两县被乌蒙山脉环绕，交通不便，喀斯特地貌与丹霞地貌交错分布，不利于农业、规模以上工业等经济活动开展。2012年古蔺县和叙永县被国务院扶贫开发领导小组办公室列入国家扶贫开发工作重点县，是四川省13个连片特困地区片区县的组成部分。

近年来，在当地政府的坚强领导下，古蔺县和叙永县坚持产业脱贫的方针，着力打造特色农产品＋电商的产业布局，以优势产业增强造血功能，以就业创业激发内生动力。

产业扶贫，交通先行。作为保障产业脱贫方针的重要基础设施，铁路的建设对于两县脱贫攻坚至关重要。叙大铁路建成之前，两县不通铁路，货物运输只能通过山间公路完成，路途长，耗时久，成本高，对寄希望于以特色农产品外运实现脱贫摘帽的叙永县和古蔺县来说，比起产品的销路与价格，交通条件是横亘在致富路上更加沉重的阻碍。

相比购买支持当地扶贫产品的短期治标，解决交通问题、修建货运铁路、打开货物运输通道才是脱贫治本之道。虽然投资大，回收期长，但修建铁路带动的就业和经济拉动，不仅能更显著提升经济发展水平，早日打赢脱贫攻坚战，同时铁路作为长期造福民众的重要基础设施，能够打通两县与外界的通道，实现产品“走出去”与产业“引进来”相结合，有效巩固脱贫成果，防止返贫。

基于上述考虑，中意资产发起设立了“中意—四川叙大铁路基础设施债权投资计划”，联合中意人寿、长江养老、英大泰和财险三家保险机构，出资投向叙大铁路建设，为搭建两县通往外界的铁路通道提供长期资金支持。叙大铁路串联叙永、古蔺两县，向南经贵州通往珠三角，向北经泸州连接成都、重庆，为产品“走出去”和产业“引进来”的脱贫工作提供了坚实保障，在农产品物流提速的同时，也助力当地脱贫工作走上“快车道”，从根本上长效助力脱贫攻坚，巩固脱贫成果，防止返贫发生。

在践行助力脱贫社会责任的同时，中意资产本着忠于责任，对委托人和受托资产负责的态度，在项目设计上，引入了四川省铁路产业投资集团对债权投资计划提供担保，增强投资计划与投资资金安全性，全面保障受益人利益。

2018年，古蔺、叙永两县GDP同比增长7.90%和7.10%，人均GDP超过10 000元，逐步走上脱贫摘帽的道路。在全面建成小康社会来临之际，中意资产欣喜于能为助力脱贫工作添砖加瓦，也将在强化业务的基础上，继续展现行业担当，践行社会责任。

第三篇
精准帮扶

其作始也简，其将毕也必巨。

——《庄子·内篇·人间世》

以投资促“造血” 以保险强保障

——中国人寿资产管理有限公司为贫困地区脱贫振兴插上腾飞的翅膀

2015年以来，在中国人寿集团党委的正确领导下，中国人寿资产管理有限公司（简称“国寿资产”）认真贯彻落实习近平总书记关于脱贫攻坚重要指示精神和党中央、国务院决策部署，把扶贫攻坚作为首要政治任务，不断加大帮扶力度，累计无偿捐助帮扶资金3 520万元（其中在丹江口投入3 460万元），从金融、保险、教育、产业、党建、消费、示范村建设等方面开展全方位、立体式扶贫，落实扶贫项目86个，帮助丹江口市建档立卡的30 056户98 454人摘帽，56个重点贫困村出列，全市贫困发生率从37%下降至0.11%，于2019年4月29日提前脱贫，巴音乡也将于2019年脱贫摘帽。国寿资产在做好定点扶贫工作的同时，扎实推进行业扶贫，通过投资助力贫困地区基础设施建设和地区经济发展，为贫困地区脱贫振兴做出了积极贡献。

发挥金融投资优势，开创“造血式”产业扶贫新模式

习近平总书记指出：“发展产业是实现脱贫的根本之策”，“产业增收是脱贫攻坚的主要途径和长久之策”。国寿资产党委认真贯彻习近平总书记的要求，发挥金融投资专业优势，联合丹江口市共同设立“国寿—丹江口绿色扶贫产业基金”，开创了“造血式”产业扶贫新模式。

以市场化模式设立运作

为确保扶贫基金切实扶贫、高效运转、长期发挥作用，国寿资产将该基

金设计为股权投资基金，完全按市场化模式运作。基金采用市场成熟的架构，初始规模2亿元，国寿资产占比60%，丹江口市扶贫开发投资有限公司占比39.5%，基金管理人湖北省高新产业投资集团有限公司占比0.5%。这是全国首家市场化运作的保险产业扶贫基金，也是全国首家由帮扶单位与国家贫困县共同出资设立的扶贫产业基金。双方相互融合、共同管理、权责共担，丹江口市由被动接受变为主动管理，由坐享“输血”变为积极“造血”，大大激发了丹江口市脱贫攻坚的信心和动能。湖北省扶贫办评价其为精准扶贫领域的一大创新，中国人寿集团公司授予其年度战略创新奖。

基金项目迅速落地见效

基金成立后，国寿资产项目组紧锣密鼓调研筛选了300多家当地企业。仅半年就聚焦“水”和“鱼”这两个丹江口资源最丰富、扶贫带动效应最好的产业，落地了“国寿丹泉”瓶装水、博奥鱼头加工两个特色项目。在中国人寿集团公司党委支持下，“国寿丹泉”瓶装水成为中国人寿全系统标配公务用水，2019年销售350ml国寿丹泉15.25万箱，销售4.5L国寿丹泉1.48万

“国寿丹泉”天然饮用水成功下线

箱，销售额近607万元。博奥鱼头项目得到扶贫基金支持后，迅速完成重要转型，产能扩大8倍。2019年，销售鱼头54万个，实现营业收入4 332万元，成为丹江口商业新名片。两个项目直接带动贫困户及家庭困难人员就业75人次，间接带动185个贫困户1 000多贫困人口脱贫。

带动更多项目实现共同发展

扶贫基金不仅用好了中国人寿自身的资金，还成为招商引援的平台，吸引和带动8个项目参与丹江口市经济社会发展，推动贫困人口脱贫致富。奥斯龙润滑油项目顺利落地，正在推进和调研考察的项目包括生态旅游项目、垃圾焚烧发电项目、中粮水业项目等。在“国寿—丹江口绿色扶贫产业基金”的推动下，丹江口的绿水青山正在变成脱贫致富、乡村振兴的金山银山。

2019年，国寿资产继续探索普惠型金融扶贫新模式，创新设立专项扶贫贷款担保基金，支持丹江口产业发展。公司投入200万元，放大5倍放贷，撬动贷款资金高达1 000万元，为带动贫困户脱贫和农户增收的合作社、扶贫企业、脱贫带动企业提供贷款担保。通过扶贫贷款担保基金，进一步加大了金融扶贫丹江口市的力度。

发挥保险行业优势，筑牢致贫返贫的“防护堤坝”

习近平总书记强调，脱贫攻坚的标准，就是稳定实现贫困人口“两不愁三保障”。国寿资产充分发挥保险主业优势，汇聚中国人寿系统资源的合力，积极推进保险扶贫，2016年至今投入资金近800万元，为丹江口全市9.87万建档立卡的贫困人口统一购买扶贫小额人身意外伤害保险和大病补充保险，每人综合保险金额7.2万元，累计承担风险保障金额280亿元。4年来总赔付1 312件次，赔付金额超过435万元，有效缓解了贫困人口因意外和大病返贫或更加贫困的问题。

公司还将保险扶贫拓展到农险、财产险领域。2017年，针对当地贫困人口参与种养殖产业较多的特点，对当地3 700亩柑桔、3 374亩核桃进行保险。当年年底，丹江口市柑桔园遭遇霜冻灾害，遭遇不小损失，但得益于公司提供的保险，遭受损失的农户贫困户第一次得到了保险赔付，累计赔付额达20万元。为保障贫困户农房安全，从2018年开始，国寿资产每年投入100余万元，为全市3万多个建档立卡贫困户购买住房保险，每户保障金额1.2万元，总保额3.44亿元，涵盖火灾及各种自然灾害的风险保障。

2019年，国寿资产在房屋保险的基础上对贫困户家庭财产进行保险全覆盖。为丹江口市全部597名驻村工作队扶贫干部购买了意外伤害保险，解除扶贫干部队伍后顾之忧。多层次、多品种的保险服务，犹如一座坚实的“堤坝”，有效抵挡了意外事故、疾病等风险对贫困家庭的冲击，预防了贫困户因意外或者大病等返贫或更加贫困，得到丹江口市政府的高度评价和众多贫困家庭的热烈欢迎，保险扶贫已成为丹江口扶贫政策的重要组成部分。

发挥智力人才优势，在扶志与扶智上持续下功夫

“扶贫既要富口袋，更要富脑袋”，教育扶贫是最大和根本性的扶贫。国寿资产作为一家硕士以上学历员工占比超过80%的人才密集型企业，积极创新扶志与扶智方式，大力培养本地人才。

创新帮扶形式

2017年向丹江口市捐赠了136台电脑和100份《中国妇女报》。2019年，公司专门推出“爱心课堂”建设项目，在两年内投入320万元，在乡镇中心学校建设主课堂，在山村教学点设辅课堂，解决英语、音乐、美术等课程师资不足，实现优质教育资源全覆盖。大山深处的龙山镇彭家沟小学基本都是贫困户家庭的孩子，公司党委专门研究制订了爱心研学方案，出资20万元帮助34名小学生到北京开展为期一周的参观研学，通过“圆梦”研学之旅，播种了学生们成长的希望，让学生们感受到了温暖。

协助补齐教育短板

脱贫攻坚以来，丹江口市集中精力保障义务教育，但对高等教育顾及不够。而贫困家庭只要走出一名大学毕业生，往往能够带动全家脱贫。2017年，国寿资产按照集团党委部署，以280万元爱心捐款在丹江口市设立“中国人寿丹江口贫困生高等教育资助基金”，专门用于帮助贫困户学生完成学业。截至目前共资助建档立卡的本科、硕士贫困生721名，资助金额达41.4万元。

大力加强“三支队伍”培养力度

2017年组织专家送知识上门，到丹江口市举办“金融大讲堂”，解读金融政策，普及金融知识。2018年公司面向基层干部、农技人员和致富带头人开展大规模培训，围绕丹江口重点发展的柑桔、核桃、油橄榄、油茶、食用菌、畜禽养殖、水产渔业等产业，开展了15批1 540人次的实用技术培训。2019年，国寿资产进一步加大农技培训力度，目前接受培训的人员已经超过2 900人。国寿资产安排资金对培训后发展相关产业的农户贫困户提供奖励补贴，大大激发了贫困户参训学农技的积极性。

除了投资扶贫、保险扶贫和教育扶贫外，四年来，国寿资产还开展了多种形式的扶贫工作。党建扶贫方面，先后投入350万元，帮助21个贫困县修建改建党群服务中心，对党群服务中心进行硬件的升级改造，充实现代化设备；同时，对党支部书记开展培训，强化定点村脱贫的组织保障，用好新建的党群活动中心，大力加强基层党组织建设，组织党员投身扶贫工作。消费扶贫方面，公司直接采购扶贫产品超过360万元，并借助中国人寿电商平台帮助丹江口市销售农产品4 017万元。此外，还帮助两个重点贫困村实现整村脱贫。落实修路架桥建等基础建设15项，开展特种养殖、橘园改造等产业项目9个。各扶贫项目先后投入使用，扶贫效益日益显现。

发挥扶贫经验优势，积极加强对内蒙古巴音乡的结对帮扶

2018年9月，公司与上海保交所结对帮扶内蒙古巴音乡后采取了一系列帮扶措施。公司投入资金60万元，为该乡配备了垃圾清扫车、垃圾桶，改善人居环境；配备物流运输车，满足了贫困户农产品外运交易的迫切需求；对巴音乡所属七个行政村的党群服务中心进行修缮，加强基层党建阵地建设；捐赠80台电脑加强教育信息化和电商平台建设；积极推动产业扶贫项目落地，启动巴音乡马铃薯种植示范项目；加大巴音乡农特产品采购力度，累计采购32.97万元。

发挥主营业务优势，加大投资助力贫困地区脱贫攻坚

在做好丹江口市和巴音乡定点扶贫工作的同时，国寿资产充分发挥自身主营业务优势，加大对贫困地区的投资，助力贫困地区脱贫发展。

通过直接投资助力“三区三州”地区及其他贫困地区脱贫攻坚

2015年以来，公司投资项目位于“三州三区”的累计规模177亿元，其中青海黄河项目170亿元，位于青海藏区共和县与贵德县，天山股份项目7

亿元，位于新疆克孜勒苏柯尔克孜自治州。

加大对中西部新增地方债和信用债的投资以及国开债、铁道债的投资

2015年以来，公司加大对中西部贫困地区的投资力度，其中对中部6省和西部12省市区新增地方债和信用债投资共计1 284.08亿元，极大地支持了中西部地区经济建设；购买国开债规模2 041.13亿元，部分支持贫困地区基础设施建设和贫困地区发展以及惠及贫困人口的民生项目；购买铁道债规模975.17亿元，部分用于贫困地区铁道建设。

加大对“三区三州”地区上市公司的权益投资

2015年以来，公司累计买入西藏和新疆喀什地区六家上市公司的股票共计19.09亿元，大力支持了当地上市公司和当地经济及社会民生的发展。此外，按照中国人寿集团部署，公司开展了中国保险产业扶贫投资基金投资工作，目前累计投资1 800万元，项目全部投向贵州、河北、吉林、江西等经济欠发达地区。

展望未来，国寿资产将积极贯彻习近平总书记脱贫攻坚的新思想和党的十九大精神，在贫困地区脱贫摘帽的起点上，不摘政策、不摘责任、不摘帮扶，尽锐出战，响鼓重锤，帮助走好乡村振兴的新征程，谱写贫困地区高质量发展、全面发展的新篇章。

汇聚力量　决胜脱贫

——中保投资有限责任公司推进精准帮扶，践行使命担当

打赢脱贫攻坚战，是党的十八大以来，以习近平总书记为核心的党中央提出的重大战略。中保投资有限责任公司(简称“中保投资”)始终坚持以党中央和习近平总书记关于精准扶贫重要指示精神为指导，全面落实中国银保监会关于推进精准扶贫工作的总体要求，扎实开展扶贫工作，确保如期打赢精准脱贫攻坚战。

决战脱贫攻坚，深化结对帮扶

落实定点扶贫

中保投资召开专题党委会议研究制定扶贫工作安排，并委派公司领导多次带队赴定点扶贫点——内蒙古自治区乌兰察布市察右后旗进行调研考察。截至2019年11月底，公司联合太平财险投入扶贫专项资金总计144.67万元。其中，中保投资投入帮扶资金101.54万元，太平财险投入帮扶资金43.13万元。资金主要用于采购农产品、基础设施、办公设备项目和补充医疗保险项目，2019年扶贫工作取得良好效果。

帮助改善基础设施与人居环境

根据红格尔图镇政府提出的院墙整治、新建厕所、配置垃圾车与垃圾箱、镇区亮化等帮扶需求，投入帮扶专项资金59.06万元。

推动保险扶贫

联合太平财险为红格尔图镇居民设计团体住院补充医疗保险方案，并为全镇7 407名常驻人员提供补充保障，防止因病致贫、因病返贫，总计保费支出74.07万元，其中中保投资承担40万元，太平财险承担34.07万元。

落实消费扶贫

帮扶甘肃和政县、临洮县农产品采购1.54万元；联合太平财险帮扶察哈尔右翼后旗红格尔图镇农产品采购10万元，其中中保投资采购0.94万元，太平财险采购9.06万元，以购代扶拓宽当地特色农产品销售渠道。

创新脱贫方式，践行使命担当

2016年8月，在原中国保监会的大力支持下，中国保险业产业扶贫投资基金（简称“扶贫基金”）在北京正式成立。与慈善基金、捐赠基金等公益性基金不同，扶贫基金采用市场化运作方式，群策群力合作共赢，充分发挥保险资金长期投资的独特优势，引导保险资金对接贫困地区产业扶贫项目，重点投向连片特困地区、革命老区、民族地区、边疆地区的特色资源开发、产业园区建设和新型城镇化发展等领域，并带动其他社会资金流入，促进贫困地区经济发展和产业脱贫。公司作为基金管理人，履行社会责任，全额免收管理费，不断探索完善相关机制，助推脱贫攻坚效果初步显现。

扶贫基金成立至今，在保险业助推脱贫攻坚工作领导小组的领导下，共投资了8个项目，累计投资金额4.65亿元。项目主要分布在河北、贵州、江西、吉林等革命老区和国家级贫困县，共覆盖近3万贫困人口，带动建档立卡贫困人口增收取得一定成效。

因地制宜，投向特色产业，重“输血”更重“造血”

扶贫基金先后投资河北省阜平县老乡菇种植项目、贵州省惠水县味莼园食品加工项目、贵州省施秉县杉木河景区等项目，均立足当地资源条件，宜农则农、宜商则商、宜游则游，把产业和劳动力留在当地，真正增强“造血”功能。

河北阜平县老乡菇项目：共覆盖阜平县8个乡镇，按照建档立卡农户进行对接。该项目采取“投保联动”模式，通过引进人保财险专门开发香菇种植保险，对大棚以及香菇种植、销售中的自然风险和市场风险提供保险保障。截至2018年底，该项目共覆盖建档立卡贫困人口14 361户，共有557户农民参与香菇种植，整个老乡菇种植产业链惠及1 674个贫困人口在当地就业，其中宋家沟村实现整体脱贫。项目已于2019年顺利实现退出。

贵州味莼园项目：通过惠水县委、县政府精准脱贫农业产业“接二连三”发展模式，辐射带动断杉镇抵塘村等669名贫困户增产增收，帮助建档立卡贫困户实现家庭人均收入增长15%以上，实现了贫困村整体脱贫的目标。截至2019年6月30日，味莼园通过吸纳贫困人口用工、职业技术培训、收购农副产品、开展农村电商等“抵塘村”帮扶脱贫模式，带动断杉镇定理村约560名贫困人口增产增收，脱贫出列。

贵州杉木河项目：在金融系统内首创了“银行信贷+保险资金+旅游+扶贫”的综合扶贫模式，多渠道支持施秉县杉木河景区水、电、交通、通信等基础设施建设，推动企业在加快发展景区的同时，加大对周边建档立卡贫困户的就业吸纳，实现了贫困户、政府、金融机构的多方共赢。截至2019年6月30日，施秉县已基本完成脱贫计划，并在当地取得了良好的社会效益。

创新举措，开创股权投资、科技扶贫的新模式

2018年初，扶贫基金与大唐电信科技产业集团合作，以股权投资模式，投资金额490万元在江西省定南县投资建设呼叫中心服务外包公司，解决部分建档立卡贫困人口的就业。通过定南项目，利用大唐电信集团等科技企业的技术优势和业务运营优势，结合贫困地区人力资源优势，积极探索开发县级呼叫中心产业发展的扶贫模式，助力贫困地区产业转型升级，增加财税收入，将产业扶贫效应辐射全国。

发挥资管力量　助力精准扶贫

——合众资产管理股份有限公司发挥金融特色精准再聚焦

合众资产管理股份有限公司（简称“合众资产”）秉承以习近平新时代中国特色社会主义思想为指导，以“专业性、系统性、持续性”为方针，发挥金融扶贫特色，创新金融扶贫手段，以“产业帮扶+文化帮扶+消费帮扶”为主要策略，聚焦深度贫困地区，切实做到精准聚焦、精准发力。

四川省屏山县海屏纺织产业示范园经营性项目

四川省屏山县海屏纺织产业示范园经营性项目（简称“海屏纺织示范园项目”）所在地屏山县为国家级贫困县、乌蒙山集中连片特困县。该项目系由浙江省嘉兴市人民政府与四川省宜宾市人民政府根据党中央、国务院“东西部扶贫协作”部署开展的东西部扶贫协作和对口支援项目，也是四川省宜宾市大力发展千亿纺织产业的重点工业平台。

该项目位于四川省宜宾市屏山新县城江北片区庄子组团内，园区北至永康村，西至永康村，南抵江北大道，东接真溪大道。项目建设内容分为示范园综合体工程和示范园标准厂两个工程项目。

2019年6月，公司首次设立了合众—宜宾国资国家级贫困县对口扶贫项目（一期）债权投资计划，并经中国保险资产管理业协会评审，取得了基础设施类注册通知书。该项目一期共计募集资金5亿元，并于同年10月前全部缴款完毕。公司又于2020年1月经中国保险资产管理业协会评审，取得了合众一宜宾国资国家级贫困县对口扶贫项目（二期）债权投资计划的注册通知书，预计于2020年第1季度末再次募集并投放资金5亿元。至此，合众资产受托宜宾国资国家级贫困县对口扶贫项目拟共募集投放资金10亿元，以债权方式投向屏山县兴库建设投资有限公司（简称“兴库建投”）开发建设的四川省屏山县海屏纺织产业示范园经营性项目。

北京合众—兴库建投海屏纺织园债权投资计划投资合同签约仪式

兴库建投作为该项目建设主体和项目业主，致力于通过5年努力，将示范园建设成为东西部扶贫产业协作示范基地及西南最大的以纺线、织布为主并具有服装、家纺配套的特色纺织产业园；产业总投资达100亿元，总产值达200亿元，就业达18 000人，其中解决建档立卡贫困人口2 000人以上。

“1+1+1”助力脱贫攻坚

——长城财富保险资产管理股份有限公司为精准帮扶贡献力量

长城财富保险资产管理股份有限公司（简称“长城财富”）在发展自身业务的同时，主动履行社会责任和义务，足额缴纳国家、地方政府的各项税费，积极响应国家“一带一路”倡议，在监管单位、上级股东单位的带领下落实助力脱贫工作，同时服务于京津冀地区协同发展和雄安新区建设，大力支持国家实体经济的发展。

教育扶贫

长城财富持续对教育扶贫事业给予高度重视和支持，精心谋划公益事业，研究部署扶贫慰问工作任务，重点实施了对教育领域的关注和慰问。根据长城人寿党委要求，长城财富强化政治站位、强化组织领导、强化资金投入、强化任务落实，旨在提高扶贫工作的精准度。2018年10月以来，长城财富党支部在长城人寿党委的带领下，组织公司党员与长城人寿河北分公司党支部联合为保定市阜平县城南庄镇石猴中心校捐建了一座“萌芽100”爱心图书室，为国家精准扶贫贡献力量。

党员扶贫

2019年，长城财富党支部在长城人寿党委的带领下，积极响应以“不忘初心、与爱同行——献礼共和国70年华诞”为主题的“共产党员献爱心”

捐献活动，组织党员向患病群众、低保老人、贫困学生捐款活动，筹集善款3 496元，向困难群众献上绵薄之力。

消费扶贫

2019年，长城财富积极响应中国保险资产管理业协会扶贫工作号召，通过公司工会向对口扶贫地区乌兰察布采购农副产品，合计45 000元。2019年10月，中国保险资产管理业协会组织召开扶贫工作会议，向积极参与对口扶贫工作的会员单位进行表彰并颁发锦旗，长城财富资管获得“决胜脱贫攻坚 消费帮扶先锋”荣誉锦旗。

第四篇
社会公益

人不率则不从，身不先则不信。

——《宋史·宋祁传》

从关键点发力　在细微处关怀

——太平洋资产管理有限责任公司创新扶贫机制，助力困难学子成长

智力扶贫是打赢脱贫攻坚战的重要举措，2019年，太平洋资产管理有限责任公司（简称“太保资产”）以办实事、重实效为原则，制定扶贫计划，实施扶贫方案，精准落实到智力扶贫的关键落脚点并延伸至各个细节角落，保障贫困地区年轻学子有学上、上好学；同时，细心呵护他们的身心健康，从教育、青少年未来发展等多方面夯实脱贫基础，实现共同发展。

在茅天镇种下奔小康的“种子”

位于贵州遵义市务川仡佬族苗族自治县东北边陲的茅天镇，是红三军入黔的第一古镇。茅天镇地处连绵大山中，基础设施相对落后，严重影响了教育教学发展。青少年作为国家的希望和民族的未来，也是贫困地区脱贫向上的关键所在，帮助青少年健康成长，实现教育脱贫，就能够为贫困地区种下奔小康的“种子”。

一直以来，太保资产积极响应国家号召，采取实际行动落实支持贵州的发展政策，创设并成功运行了“太平洋—遵铁物流黔北物流城债权投资计划项目”，全力打通西南物流大通道，助力当地企业尤其是小农企业解决物流问题，为当地农业经济发展创造较大的价值。同时，太保资产也通过探索创新，为贫困地区提供更多物质、精神上的帮助，让物资“走出”大山，让知

识“走进”大山。

在茅天中学助力青少年健康成长

太保资产在对茅天镇进行深入实地考察后，从当地学校缺乏先进教学设备、贫困青少年学习生活困难等关键问题入手，制定了“以爱之名，托起明天”的公益扶贫计划。通过公益计划的实施，太保资产不仅将千里之外的物资、关怀送到了茅天镇中学，送到了每一位困难学生面前；同时，也让公司的每一位员工都参与其中，贡献力量，献出爱心，让“共同发展”的理念在每个人心中生根发芽。

“以爱之名，托起明天”公益拍卖

捐赠器材，改善教育设施。太保资产向茅天镇唯一一所中学——茅天中学捐助25万元，用于购买多媒体教学器材班班通。向石龙完小学捐助1.3万元，添置图书、玩具等，改善教育设施环境，提升学习效率，进一步夯实青少年教育基础。

一对一结对，长期扶助贫困学生。茅天中学现有学生828人，其中建档立卡户贫困生288人，在学习之余，他们的生活也急需帮助。2019年9月，太保资产开展了以“你就是你，我们陪你走过这一程”为主题的爱心助学活动，向公司全员发起对接茅天中学建档立卡户的困难学生，形成一对一帮扶帮困，帮助茅天中学的特困学生完成三年学业。公司员工积极响应，有58人参与了结对助学活动，完成对接学生50名，捐助时间为3年，分为6个学期，捐助总金额为36万元，在精神、经济上助力茅天镇孩子们的健康成长。

2019年12月，太保资产在茅天中学举办了爱心捐赠仪式，参与结对帮扶的两位员工也随行，亲自见证了脱贫扶智的新成果。他们表示，市场经济是资源配置最有效率的一种制度，但这种制度无法顾及不同的人与人之间、不同的地区与地区之间、不同的民族与民族之间相对富裕和贫穷的差距，而社会扶持、爱心帮助将缩小这种差距，促进社会和谐发展。这也正是太保人承担起企业责任、助学扶智的初衷和期望。

茅天中学捐赠仪式

中国太保三江源生态公益林

太保资产将助力脱贫攻坚作为企业的一份社会责任担当，联动多方能量共同扶贫，向教育扶贫、青少年关怀、环保支持等领域拓宽。

2019年12月，太保资产参与“中国太保三江源生态公益林”捐赠项目。三江源地处青藏高原腹地，是长江、黄河、澜沧江三大江河的发源地，保护好这座“中华水塔”，让“一江清水向东流”，是每个中华儿女的神圣责任。太保资产与国联安基金公司捐款总金额224 524.30元，与其他企业捐款共同用于当地千亩生态发展、绿色经济、民族团结之林，共护三江源地区的生态环境。

未来，太保资产将继续发挥自身优势，结合社会资源，坚持开展公益活动，通过“以爱之名，托起明天”公益品牌，向更加开放化、社会化、平台化的方向发展，为构建更加和谐的社会做出贡献。

多举措响应脱贫攻坚

——建信保险资产管理有限公司积极展现责任担当

消费扶贫助力扶贫

陕西省安康市地处秦巴山区，全市十个县区都属于贫困县区。外出务工是绝大多数农村家庭收入的主要来源。即使是外出打工，他们从事的也多是矿工、建筑工等高强度职业，就业不稳定。但该地区也是中国北亚热带动植物典型代表区，有羚牛、朱鹮、大熊猫、云豹、大鲵等珍稀动物，是陕西省及西北地区最主要的茶叶、蚕茧、油桐、生漆主产区。安康市因境内土壤含硒元素丰富，又被誉为“中国硒谷”，旅游和山货资源丰富。

为贯彻落实扶贫工作会议精神，建信保险资产管理有限公司（简称“建信保险”）工会于2018年开展了一系列扶贫活动，包括参加总工会集中采购扶贫物资、鼓励员工自发采购等一系列推广活动。2019年，建信保险继续选择采购对口扶贫地区物品，完成农副产品采购2次，共花费142 000元；完成扶贫瓶装水采购1次，共花费9 600元。将安康市富有特色的农副产品作为员工福利，深受员工喜爱，帮助贫困群众实现脱贫致富，为巩固扶贫成果贡献微薄之力。除外，建信保险将扶贫用水用于公务接待，对扶贫用水有很好的推广作用，影响和带动了一批潜在客户，帮助“南宫山泉”矿泉水增加销售渠道，助力安康产品走向更多市场。

公益活动奉献爱心

运动扶贫，健康生活

2019年，建信保险组织全体员工开展“7·8保险扶贫公益跑”活动，鼓励大家锻炼身体、增强体质的同时为公益事业贡献一份爱心。

活动期间，依托活动主办方“7·8保险扶贫公益跑”微信小程序，以员工个人名义为22个具有集中连片特殊贫困县（市）及国家扶贫开发工作重点县的省份捐赠步数，当地区总捐步数积累到一定数量，即可由某家保险公司认领并捐赠保险保障，为当地建档立卡贫困人口提供公益性保险服务，达到此次公益活动目的。建信保险实际参与人数120人左右，共完成捐步7 430 347步，活动期间人均捐步超过5万步，大家参与热情高涨，积极参与，开展活动期间，明显加强了自身的运动频率，较好地达到了本次公益健步活动效果。

除外，建信保险还组织员工走上滨江大道，开展为期半天的公益跑宣传活动，向更多人宣传展示“运动扶贫，健康生活”活动，带动更多人通过运动做公益。

慈善捐款扶贫济困

2019年是第10个“广东扶贫济困日”，也是新中国成立70周年，为全面贯彻党的十九大精神，深入落实学习习近平总书记对广东重要指示批示精神，缩小地区贫富差距、实现共同富裕的重要举措，福田区工业和信息化局2019年6月牵头组织倡议社会各界广泛参与“决战脱贫攻坚，助力乡村振兴”为主题的募捐活动。

建信保险为展现公司社会责任担当和主动作为，在2019年“广东扶贫济困日”慈善捐款活动中向深圳市福田区慈善会捐款人民币6万元整，并愿意以实际行动支持福田区慈善事业发展，推动“首善之区，幸福福田”建设的时代新风气。

建信保险相信，发自内心的关爱和善举，能让弱者不再孤独，能让贫困者不再无助，扶贫济困的中华民族传统美德能蔚然成风。慈心善举，播种福海。

承担社会责任　贡献友邦力量

——友邦人寿保险有限公司推进社会扶贫公益

“南起老兵慈善项目”

2019年1月，友邦保险与中国扶贫开发协会达成了定向捐赠协议，决定捐助“南起老兵慈善项目”，致力于关爱抗战老兵、退伍军人及民族地区弱势群体医疗救助等，支持项目团队、医疗团队赴云南省孟连县开展相关的考察、医疗救助、扶贫义诊、医药捐赠等相关活动，解决贫困地区抗战老兵、退伍军人及困难群体的看病难、治病贵的问题。捐赠扶贫专项款60万元，支持孟连县的政府和人民进一步提升医疗卫生水平，发展少数民族文化产业。其中的30万元根据实际需求情况分配至娜允镇中心卫生院、勐马镇中心卫生院、芒信镇中心卫生院等6所当地卫生院，进行医疗设备采购，提升医疗健康服务水平；剩余款项将用于少数民族文化保护与传承工作，包括傣文古籍丛书汇编、少数民族文化保护传承乐器搜集、拉祜族传统工艺培训与传承等。

“友邦天使心”

9月7日至9月9日，“友邦天使心”项目获得来自腾讯基金会的配捐，让更多“爱奇儿”家庭从中获益。友邦中国官方微博与微信陆续推出系列宣传片，让更多社会公众看到友邦的爱心力量，参与支持“友邦天使心”项目。与“友邦天使心公益大使”郑云龙共同推出原创公益单曲《你的微笑》，是

“友邦天使心”项目迈出的重要一步。短短5天，这首凝聚了爱与力量的歌曲，在关心支持“爱奇儿”家庭间持续传播。

“友邦天使心”共募得爱心善款369万余元，其中友邦配捐326万元。音乐，让更多人看到友邦对社会的承诺与行动，用爱与微笑点亮未来！

友邦中国：“南起老兵慈善项目”+“友邦天使心”

“百年友邦——汇爱心　聚你我”

开门红期间，营销员每销售一份保单，就可以“客户+营销员”的名义捐献爱心善款。捐款将统一进入江苏省儿基会——友邦爱心基金，用于青海、陕西、江西、江苏百名贫困学子助学圆梦，开展教育扶贫项目，改善他们的学习生活环境。

5月26日，友邦保险扬州中心支公司联合江苏省妇女儿童福利基金会举办“百年友邦——汇爱心 聚你我”大型社会公益活动。本次公益活动的捐助对象是扬州本地一位贫困家庭的9岁白血病儿童。扬州市区营管处为本次活动主会场，江都、仪征、宝应三家营管处为分会场，全辖统一发起爱的呼唤，为白血病患儿共同募集善款。本次活动共募集善款总额56 847.39元，并现场转至江苏省妇女儿童福利基金会账户，尽一份绵薄之力，给受助对象带来希望。

本次公益活动通过爱心储蓄罐、爱心义卖、拍卖三种形式表达了对白血病患儿的爱心，现场营销伙伴们、客户朋友都纷纷积极参与。

友邦江苏："百年友邦——汇爱心 聚你我"

"友邦百年希望足球公益计划"

2019年，友邦广东携手广东省青少年发展基金会推进"友邦百年希望足球场公益计划"。"友邦百年希望足球场公益计划"旨在为缺乏体育设施的广东省内贫困乡村学校捐建足球场，让更多的孩子享受健康运动的快乐。"友邦百年希望足球场公益计划"的倡议得到了友邦广东营销员伙伴的热情响应和积极参与，全省近9 000名营销员志愿加入公益计划，成为"公益大使"。

最终，友邦广东公司和营销员个人累计捐款312.7万元，全部用于希望足球场的建设。目前，已有三个友邦保险希望足球场分别在湛江吴川、阳江阳春及梅州兴宁顺利落成，其余的11所学校的足球场正在陆续落实中。

友邦广东："友邦百年希望足球场公益计划"＋"天使好声音"

"天使好声音"

8月24日，友邦广东全力赞助广州市残疾人福利基金会，广州天使心主办的"天使好声音"盛赛在夏末初秋的羊城午后绚丽开启。作为天使心专为友邦保险打造的年度特色公益活动，友邦杯"天使好声音"在2020年成功举办至第三届，越发具备号召力及受到追捧，共吸引了15组竞演家庭，70组观众家庭，70位友邦广东内外勤志愿者，以及其他友好嘉宾，共计250多人参与。友邦志愿者也组成粉丝团参与表演，为爱奇儿家庭鼓劲加油。本届活动还有爱奇儿画展、照片展，展现爱奇儿家庭努力向上的一面。友邦志愿者踊跃报名支持本次活动，提供所有岗位的志愿工作服务。本次活动借着官宣郑云龙成为友邦天使心公益大使的热点在公司企业号及官方微博进行了宣传，得到了粉丝的大力响应支持。

“2019天使心进阶成长营”

9月21~22日，“2019天使心进阶成长营”活动在广东江门市鹤山银业雁山酒店举办。这是天使心机构每年的重要大型活动之一，共100位爱奇儿家庭参与，旨在通过欢乐成长营向家长与心智障碍者兄弟姐妹提供关怀、心理支持等专业服务，助力推动关爱身心障碍者家庭的友好观念。友邦广东60位外勤志愿者为本次活动提供了重要岗位的志愿服务工作。友邦广东、天使心机构分别通过自身公众号发布了本次活动报道。

一直以来，友邦保险的员工和营销员都齐心协力贡献业余时间承担企业社会责任，为帮助更多需要关怀的社会弱势群体贡献力量。

第五篇
扶贫纪实

万物得其本者生，百事得其道者成。

——西汉 · 刘向《说苑》

爱驰山岳

——中国人寿资产管理有限公司发力脱贫攻坚战纪实

国寿-丹江口绿色产业扶贫基金

古有多难兴国，殷忧启圣，盖事危则志锐，情苦则虑深，故能转祸为福也。

——《新唐书》

扶贫，对于一个地缘不占优势又有历史基础病的地区谈何容易。

首要之难是资金匮乏。贫困户想真真切切干点事儿，但是缺少启动资金，多少年来受困于此。

直接给救助金只能解决一时之需，授之鱼不如授之渔，为了解决贫困户发展产业资金不足问题，根据国家出台的专门政策，国寿资产设计了一款专门针对贫困户的信贷产品，以政府财政资金作为风险担保金，只要满足信贷资质的贫困户都可以从银行贷到一定数额的款项。

丹江口市习家店镇小茯苓村的一名村民原先有20多亩桔园，为了购买农药化肥和扩大经营规模，2018年、2019年分别贷款5万元，通过近两年的发展，现有桔园规模40余亩，小额扶贫贷款的优惠政策实现了收益的规模递增。

一招力大，满盘皆活。不仅如此，小额扶贫贷也是当地一道亮丽的金融风景线。有很多致富带头人，本身就是带动贫困户向前冲的“领军人物”，他们的产业缺了钱，必须要扶一把。

上限30万元的信贷产品出炉了，可不要小瞧这几十万元，激活产业带动就业，有了这笔“急救款”，一盘棋就走活了。

浓墨重彩的一笔不仅靠贷款来书写，国寿-丹江口绿色产业扶贫基金在当地的诞生可谓是一件“破天荒”的大事情。

丹江口风光

国寿-丹江口绿色产业扶贫基金是国寿资产在通盘考虑收益目标与风险容忍度后，与当地政府和湖北高投联袂成立的，不仅给当地需要资金的企业提供了有效的融资渠道，还可以带动贫困户就业，资助帮扶贫困户及贫困学生。同时，扶贫基金产生的造血扶贫效应又成功地为贫困地区发展注入了新动力，可谓一举多得。

选择用基金的方式做投资，更加符合市场规律，扶贫基金投资的国寿丹泉瓶装水项目、博奥鱼头加工项目等成效显著，在当地树立了产业基金投资成功的典范。

这种金融文化启蒙在当地立刻炸开了锅，立即引起了许多党政干部的关注，原来搞活经济还可以这么玩。

最好的季节或许是在金秋。漫山遍野的橘子红了，捏在手里，光滑皮薄，咬一口，回味无穷。大巴山土质滋养、豫北丹江库区小气候熏染，让其他柑橘——沙橘、黄橘、油橘、蜜橘……硕果累累，四方飘香。

柑橘园

让人留恋的“扶贫味道”又岂止是柑橘，享誉当地的博奥速冻水产品，口感之鲜美，叫人一辈子难忘，连同蜜蜂养殖、茶叶栽培与核桃种植技术的渐次展开，资本“新动能新引擎”的力量正为扶贫产业插上腾飞的翅膀。

第一瓶“国寿丹泉”成功出炉时，望着自动化流水生产线上一个个瓶胚被传输带快速送至吹瓶机口时，大家兴奋地蹦了起来。在国寿资产帮扶下，瓶装水生产企业营业收入大幅增长，有力盘活了其低效无效资产，充分保障了员工就业。

国寿丹泉水

今天的丹江口，一条条平坦宽阔的水泥路修到家门口，一排排红瓦白墙的新房让贫困户告别了危房，一个个热闹的扶贫车间让贫困群众实现家门口就业增收……这片水乡泽国，草木蔓发，生机灵秀。

国寿资产继续发挥投资扶贫优势，推进扶贫基金已投项目“国寿丹泉”和博奥鱼头水产品提质升级，成功签约投资湖北奥斯龙科技有限公司润滑油项目，持续跟踪中林森旅、中国环保、中粮基金在丹江口开展旅游、垃圾发电及水产业项目……

教育扶贫是拔穷根、阻止贫困代际传递的重要途径。2019年，国寿资产建设第一期村镇学校专递课堂，成功举办贫困生“圆梦”研学项目，党费扶贫支持了5个乡镇9个党群服务中心新建维修，还开展对内蒙古察右中旗巴音乡结对帮扶，落地一批涉及乡村民生、基层党建、干部培训项目。

受益的不仅是丹江口，还有湖北郧西、广西天等和龙州、内蒙古乌兰察布都在中国人寿的帮助支持下蓬蓬勃勃发展起来了，长期保险资金的注入，撬动了社会发展的车轮。

在国寿资产的对口帮扶下，2019年4月丹江口正式脱贫摘帽了。

贫穷已去，小康已来。阳光普照下，遒劲的群山一如既往地环抱着丹江，成群的飞鸟压着水面翩翩起舞。水天极目处，清澈丰盈的汉江水奔泻北流。

“三区三州”金融服务锦上添花

故人不独亲其亲，不独子其子，使老有所终，壮有所用，幼有所长，鳏寡孤独废疾者，皆有所养。

——《礼记》

“三区”是指西藏自治区，新疆维吾尔自治区南疆四地州，甘肃、青海、四川、云南四省藏区；“三州”是指四川凉山州、云南怒江州、甘肃临夏州。这些地区贫困程度深，基础条件差，致贫原因复杂，可谓“最后的贫困堡垒”。

作为“三区”的代表，天山以南、昆仑山以北的南疆正在迎来日新月异的变化。这块勾连亚欧大陆的区域，因张骞出使西域开辟丝绸之路闻名于世，也因大漠戈壁、雪山冰川等艰苦的自然条件而成为中国的深度贫困区。

国寿资产主动作为、精准施策，下决心做好“三区三州”金融服务工作，奋力跑赢脱贫攻坚的“最后一棒”。国寿资产投资南疆四地州多个地方政府债券，让生生不息的资金流聚在古丝绸之路的咽喉节点上。

决战脱贫攻坚战的主战场还有“三州”的代表四川凉山彝族自治州。这里山高坡陡，峭壁嶙峋，乡民们借助一条条藤梯翻越悬崖，走向外面的世界，山崖下奔腾不息的金沙江水蕴藏着巨大的水能。

盯准金沙江的水能资源，债券开始发力！直投项目开始发力！

国寿资产人选择治理规范、管理能力强的机构或企业发行的扶贫债，为四川凉州提供长期稳定的资金来源。四川凉山州和藏区债券存量投资超过30亿元，资金用于凉山州境内会东县乌东德、雷波县溪洛渡、宁南县白鹤滩水电站建设……

水电站

四川、云南交界处的乌东德水电站、溪洛渡水电站是西部大开发战略的骨干工程，通过将金沙江下游的巨大水能转化为电力，不仅可以供应华中、华东以及川、渝、滇用电，而且本身也是长江防洪体系的重要组成部分。

受益于国寿资产资金的撬动，乌东德水电站、溪洛渡水电站开工后，大量的商流、人流、物流、信息流空前交汇，资金带来的边际效应呈现递增趋势。一切都是崭新的开始。

龚清坤来自凉山州雷波县，是乌东德水电站的边坡防护网安装工人，他和同伴们绑上安全带，拿着工具，沿着缆绳下到山体上，进行排险作业，是悬崖绝壁上的“蜘蛛人”。

防护网安装

虽然悬着工作，心里还是踏实的。这些年，四面八方的资金援助如潮水一般涌向这里，加快了当地脱贫的进程。

随着乌东德水电站的首批机组投产发电，习近平总书记作出重要指示，代表党中央，对首批机组投产发电表示热烈祝贺，向全体建设者和为工程建设做出贡献的广大干部群众表示诚挚的问候。

与此同时，股权项目也在国寿资产脱贫攻坚的舞台上熠熠生辉。200亿元资金入股川气东送项目，80亿元资金入股青海黄河项目……滚滚资金流进民生基础设施，投资乘数与加速数效应开始显现，最终体现为就业的增长与国民收入的提高。

绽放的怒江

希望的曙光也照耀着云南怒江！

怒江傈僳族自治州分布在亚欧板块和印度洋板块挤压而成的巨大皱褶间，海拔差高达4 390米，98%以上的面积是高山峡谷，境内几乎没有一块平整的土地。

怒江大峡谷中泸水、福贡、贡山三县市仅有一条沿江国道公路连通，雨季时节，泥石流、滑坡是毁路杀手。德钦和贡山两县的唯一通车公路——德贡公路穿过碧罗雪山，每年12月至次年6月大雪封山的半年多时间里，道路也无法通行。

交通这个顽疾若得不到根治，负面效应太深太广了。

扶贫就是要冲着解决当地实际问题而去。国寿资产把帮扶怒江脱贫挂在心上，积极捕捉涉及怒江周边公路项目的投资机会，2020年以来新增投资云南怒江州和藏区债券合计20多亿元，主要用于“怒江美丽公路”和孔雀山隧道项目建设。

怒江美丽公路扩建后，路两旁栽上了绿树鲜花，大峡谷将成为促进旅游业的怒江花谷。孔雀山隧道修通后，不仅能彻底解决德贡公路冬季通行问题，全线里程还将缩短18公里，实现贡山县和德钦县以及“三江并流”中的怒江、澜沧江、金沙江区域的便捷连通，加快区域旅游产业升级。

每一寸土地都注满情意。位于澜沧江下游的糯扎渡水电站和雅砻江下游河段的锦屏电站也闪耀着国寿资产的身影，几十亿元资金投掷，撬动了波涛中矗立的“扛鼎之作”，“西电东送”创造了多少无穷无尽的连锁效应……过去、今天和未来的不同扶贫片段连缀成国寿资产的扶贫历史长卷。

锦屏电站

为了青海化隆县的孩子

青海长云暗雪山，孤城遥望玉门关。
黄沙百战穿金甲，不破楼兰终不还。
——王昌龄《从军行》

青海化隆县平均海拔3 200米，很多居民结庐在山间，靠蓄积雨水过日子，有些居民甚至用不上电，做饭、取暖还要靠烧牛羊粪，是一个“生命的禁区”。

因为水土不服，国寿资产扶贫干部刘贵成经常闹肚子，最严重的时候，人虚脱得都快站不起来了，他还是硬撑着去山间沟壑了解居民的生活情况，并将所见所闻一一记在心里。飞沙扬尘的高原，紫外线能直接跟皮肤对话，一出门就是一整天，晚上灰头土脸回到宿舍，全身已被汗水浇透。

在化隆，人即使躺着也是了不起的英雄，这话一点不假。现在回想当年自然条件的艰苦，扶贫干部瞅着自己的手臂说：“那时候胳膊肘晒得蜕皮，饮食极度不适应，可是看看当地的百姓们，经年累月地守在那里，饮着含氟黄河水，却依然配合国家扶贫政策，胼手胝足地在荒坡沙丘上劳作，我便把什么苦都往心底里忍了。”

中国人寿园艺场希望小学

最难忘的瞬间总是与孩子们在一起。2010年5月19日，中国人寿援建的“中国人寿园艺场希望小学”举行揭牌仪式，国寿资产为该校捐赠电脑35台，电脑桌椅35套，建设了电教室，100名金榜题名的高中毕业生获得现金资助……那一天，孩子们的欢乐与企业的社会责任紧紧连接在一起。

离开化隆的时候，满山遍野的核桃树刚刚开出淡淡的黄色小花，刘贵成走过希望小学门口，孩子们琅琅的读书声传了出来，他还有许多朴素的心愿没能实现，但是只要孩子们幸福，这就够了。

广西龙州金融工作办公室

董葳前往广西龙州扶贫时也有过这样的心情，二宝出生刚六个月，舍与不舍两种念头在脑海中闪回，两难之间，妻子的支持让他吃了定心丸。“安心地去吧，家里有我呢。”就这样，董葳一头扎进中国边陲村落，尽可能地将金融专业知识用于革命老区的扶贫实践，只是在工作之余，偶尔凝视一下远方，回想孩子在自己怀中安详地睡着，便也知足了。

龙州地处中越边境的大山深处，七弯八绕的盘山路并不好走。有一次去本县一个藏在山坳里的贫困村走访，汽车足足走了三个多小时，一下车就看到几间七零八落的破旧低矮农家小木屋歪歪斜斜地分布在山间。木屋一层是气味难闻的牲口圈，一段快要腐烂的木板通往楼上；二层住人，但高度只够一个成年人半弯着腰站在里面，一张木床加上两个板凳就是全部的家当；三层堆放了几袋今年刚刚收获的玉米，这可是家里日常的口粮啊。面对这样一种令人窒息的生存环境，董葳感到肩头沉甸甸的担子与使命。

贫困村民民房

动力总是与压力相伴。结合中国人寿集团金融保险的主业优势，在董葳的倡导下，崇左市第一个县级金融工作办公室在龙州诞生了。“边民小额意外保险”“边民边贸小额贷款”等一批创新型金融扶贫产品试点应运而生，为金融扶贫探索出新的思路。董葳还申请了100万元专项扶贫资金将依山傍水的板其屯村打造为“壮族民俗特色旅游村”。

那年的端午节，董葳一辈子都记得，同事们都回家了，他一个人守在单位整理扶贫材料。每逢佳节倍思亲，加完班他拨通了妻子的电话……

多年后，在北京工作的董葳，会时常想起中越边境的远山、雾霭和乡亲们纯真的笑。他觉得自己工作上那股子干劲，受益于多年前革命老区扶贫经历的源头活水，会濡染自己一辈子。只要人有力气，有智慧，一切就有希望。

杨湾小学的希望

黄河远上白云间，一片孤城万仞山。
羌笛何须怨杨柳，春风不度玉门关。

——王之涣《凉州词》

好山好水总叫人来了就舍不得走。可是，当你发现遥远的大山像屏障一样挡住了文明社会的视线，那里有一群群苦孩子甚至从未走出过大山时，你会有怎样的心灵震撼？丹江口就有这样一群苦孩子，一群从未走出过老家乡镇的苦孩子。

公司连续多年帮扶甘肃省会宁县杨湾小学。

甘肃会宁处于黄土高原，气候干旱少雨，以黄土和黄沙为主。这里部分乡镇自来水都未完全接通，村民们要靠接蓄雨水度日。虽然国家不断给西部投钱，但农业发展还是比较缓慢。

一个寒风凛冽的深冬，初次抵达杨湾小学，在用报纸糊窗的教室里，孩子们流着鼻涕，跺着脚，一张长条凳最大限度地挤下了三个孩子，其他孩子还在等着轮流坐。当时，这所学校由于条件太简陋，正面临着被撤并的风险。

杨湾小学

如果撤校了，孩子们怎么办？杨湾小学虽然只有41名学生，但却是周边四个村落唯一的上学点。当地交通落后，最近的快递送达点离学校尚有12公里。有的学生上学来回需要花4个小时翻山越岭，因此中午只能在学校吃上一碗腌菜水煮的面条，配上辣子和咸菜，这就是他们正常的生活标准。

这些苦孩子们的父母收入偏低，不能给孩子们提供稍好一点的生活条件，孩子们从小生长在封闭的环境下，不了解外面世界的精彩，却又懵懵懂懂。

从2015年开始，基金公司陆陆续续给学校添置了课桌椅、夏装冬装、学习用品、体育用品、电教室、图书室和爱心午餐等等。据左季庆介绍，这些帮助虽然耗费不多，但是要用心，要经常走访，发现学校切实的难点问题，并解决问题。下一步再帮助其他学校，也是要从孩子们的午餐这些基本问题入手。总之，要一个点一个点、负责任地持续帮助下去。

2018年，基金公司的员工又去了学校，除了捐赠物资，左季庆和几名同事走访了3户困难学生家庭，送去慰问金。他特别注意到一个可爱的小男孩，衣衫褴褛，脚上穿着单鞋，却向着远方的客人露出稚诚的笑。左季庆捧着孩子那冻得像红萝卜的小手，心疼地将他灰扑扑的小脸贴在怀里，接着他给学生们上了一堂“知识改变命运，理想创造未来”的公开课，勉励孩子们努力读书，将来报效祖国。（王权）

扎根南水北调源头　投身扶贫攻坚事业

——记中国人寿资产管理有限公司谢燕同志

谢燕与村民交流收成情况

谢燕于2007年加入国寿资产，任运营部经理。受国寿资产党委委派，于2016年2月起在湖北丹江口市挂职扶贫，任丹江口市人民政府副市长。挂职期间，她努力融入当地，深入基层，尽职尽责。2018年3月任职到期后，为深入推进精准扶贫，谢燕两度自愿延长挂职，任期将持续至2020年底国家精准扶贫攻坚战结束。

不忘初心，深入贫困一线，把党的精准扶贫要求落到实处

谢燕来到丹江口后，面对陌生的环境，必须尽快了解基层政府和农业农村方方面面的情况，为中国人寿集团的整体扶贫工作顺利推进奠定基础。为此，她只要有时间，就往乡下跑，翻山越岭，走村串户，深入贫困一线深入了解情况，学习各级政府的扶贫政策和农业生产知识，很快就进入了角色，完全融入基层的扶贫工作。几年下来，谢燕已走遍丹江口全市各个乡镇和村庄，从初来时当地语言不能完全听懂，到后来在乡下遇到老乡可随意聊天。积累的对农村和扶贫工作的知识，使她得以有效处理扶贫工作中的各种问题，并在很多具体的事情上落实国家精准扶贫的要求。

2017年起，中国人寿集团在丹江口承担了帮助两个贫困村的整村脱贫出列的任务，她和公司派出的两位驻村扶贫第一书记一起，亲自参与村里扶贫搬迁、产业发展、矛盾纠纷化解等各项工作，并特别关注村里需要照顾的困难群众。

有一次，谢燕去官山镇西河村，遇到一位八十多岁的老人，从村里最偏远的住处独自行走了一个上午，到村部所在村组买生活用品。谢燕向村干部询问情况，得知老人一人独居，决定送老人回家，实地看看老人的生活环境。到了老人住处，她了解到周边最后一户人家很快将搬到交通方便一些的扶贫搬迁安置点，而老人因户口不在本地，无法享受政策照顾，只能孤零零留在山上。为了解决老人困境，她联系了乡镇部门，乡镇派出所派人为老人办理了户口迁入，后来老人按国家政策被接进了福利院，安享余生。

凉水河镇油坊沟村，以柑桔种植为主要产业，公司投入资金帮助全村修桔园机耕路，降低劳作成本，组织全村实施桔园改造，提高果品产量和质量，极大激发了村民用心管护桔园的热情。然而村里有一名贫困户，生活态度消极，不愿和大家一起劳动发展产业。为此谢燕和村干部一起，专门和他沟通谈心，希望他振作起来，通过劳动增收脱贫。经过耐心的讲解开导，这位村民转变很大，不仅积极参加桔园耕作，还在农闲时到市区找到工作，凭劳动

为自己和家人创造更好的生活。

牢记使命，踏实工作，把扶贫部署化为点滴工作

谢燕向村干部询问生产情况

三年多来，谢燕按照中国人寿集团党委和国寿资产党委要求，认真开展每一项工作，圆满完成各项部署。谢燕积极协调推动，中国人寿集团、国寿资产以及系统内公司领导多次到丹江口开展扶贫调研，为扶贫项目顺利开展创造良好条件。公司巡视、审计工作组也先后来到丹江口，监督检查扶贫工作实施情况。几年间，谢燕还多次配合公司协调安排原保监会、中组部等上级部门的督导组来丹督导扶贫攻坚，以及集团品牌宣传的各项事宜。

公司连续四年，逐年加大对丹江口的帮扶资金投入力度。为了用好帮扶资金，谢燕按公司要求，对当地农村基础设施建设和产业发展状况进行全面充分的调研，在调研基础上撰写年度扶贫重点项目可行性分析等一系列报告，帮助公司党委从保险扶贫、党建扶贫、教育扶贫、产业扶贫、消费扶贫、示

范扶贫等六个方面全面推进精准扶贫工作。几年来协助公司党委有效落实80多个扶贫项目、3 000多万元的扶贫帮扶资金。

谢燕积极协助配合系统内各单位参与丹江口扶贫攻坚。电商公司大力推动丹江口消费扶贫，几年累计帮助丹江口销售各种产品4 000万元，并在2017年春节来临之际，向丹江口留守贫困儿童赠送新春大礼包。国寿安保基金公司专门选定最偏远的大沟学校捐助教学和操场等设施。广发银行不仅积极参与丹江口扶贫带动型市场主体贷款担保基金项目，还通过广发慈善基金会向丹江口捐资支持乡村教育发展。集团扶贫办牵线联系尤迈慈善平台，为丹江口患有疑难杂症的贫困群体提供远程专家诊疗。集团品牌部创新体育扶贫，与姚基金合作，将乡村学生篮球项目引入丹江口，让孩子们感受运动的快乐。全系统各单位的大力支持，有力推动了中国人寿在丹江口的对口扶贫工作，也合力一处，有效打造了公司勇于承担社会责任的整体形象。

发挥优势，让金融保险发挥更大作用

谢燕贯彻集团公司党委关于发挥中国人寿的保险主业专长助推精准扶贫的精神，主动作为，积极与丹江口政府领导和相关部门沟通，将扶贫小额人身保险、农业种植保险、农房保险、驻村扶贫干部意外伤害保险引入精准扶贫，让保险在脱贫攻坚中特有的兜底保障功能得到充分体现。几年下来，累计1 000多名贫困群众因意外事故、疾病、住房和家庭财产损失等保险事故得到赔付，使这些抗风险能力不足的家庭免于陷入更加贫困的境地。

发展产业、培育“造血”功能是扶贫攻坚的难点，贫困地区经济发展滞后，产业基础薄弱，市场营商环境不具吸引力，市场主体融资困难。上级政府制定的支持地方发展的经济金融政策，受制于基层政府经济知识匮乏，往往无法有效落实。谢燕经过广泛调研，了解到当地产业发展的问题后，利用自身金融投资知识专长，在帮助当地改善金融环境方面下功夫。几年间，主持落实政府各项金融保险扶贫政策，从方案制定到具体实施，以专业的标准把握方向。按国家要求办理的针对建档立卡贫困户的小额扶贫贷款担保业务，丹江口累计放贷超过4亿元，逾期仅100多万元。为进一步支持当地带动脱贫增收的市场主体发展，结合国家对金融机构在普惠金融方面加大工作力度的要求，谢燕设计了扶贫带动型市场主体贷款担保基金方案，为基层脱贫带动型企业、合作社提供贷款增信支持。

近几年，国家出台政策，鼓励各级政府设立政府主导的产业基金，以市场化手段助推产业发展。谢燕以自身的专业知识，向当地政府普及产业基金常识，推动丹江口设立了政府出资的产业基金。2017年底，“国寿－丹江口绿色扶贫产业基金”成立，中国人寿出资60%，是全国首个帮扶单位和扶贫地政府共同出资设立的扶贫产业基金。基金成立后，谢燕配合基金管理人和公司的项目团队，在全市范围内筛选投资对象，基金运作聚焦丹江口具有资源优势的鱼和水产业，很快落地了博奥鱼头和国寿丹泉两个项目，得到基金支持的两家企业效益明显。

丹江口作为国家级贫困县，基础设施有待进一步提升。谢燕在丹江口工作的几年间，利用各种资源，帮助丹江口市争取到国家基础设施建设资金超过3亿元。

经过几年的持续的脱贫攻坚，2019年4月，湖北省人民政府发布通知，宣布丹江口市达到贫困县退出的标准和条件，批准退出。丹江口脱贫成果有中国人寿的贡献，也有扶贫干部的功劳。几年来，谢燕同志奔走不息、勤奋工作，充分彰显了中国人寿扶贫干部的责任与担当。

附录：参与行业助力脱贫攻坚的机构名单

（排名不分先后）

中国保险资产管理业协会

中国精算师协会

平安资产管理有限责任公司

中国人寿资产管理有限公司

新华资产管理股份有限公司

太平资产管理有限公司

华泰资产管理有限公司

泰康资产管理有限责任公司

中再资产管理股份有限公司

太平洋资产管理有限责任公司

阳光资产管理股份有限公司

生命保险资产管理有限公司

中保投资有限责任公司

华夏久盈资产管理有限责任公司

平安养老保险股份有限公司

长城财富保险资产管理股份有限公司

英大保险资产管理有限公司

长江养老保险股份有限公司

光大永明资产管理股份有限公司

合众资产管理股份有限公司
中英益利资产管理股份有限公司
民生通惠资产管理有限公司
中意资产管理有限责任公司
华安财保资产管理有限责任公司
人保资本投资管理有限公司
友邦人寿保险有限公司
大家资产管理有限责任公司
百年保险资产管理有限责任公司
建信保险资产管理有限公司
合源资本管理有限公司
海富通基金管理有限公司
中金资本运营有限公司
中债资信评估有限责任公司
东方嘉富资产管理有限公司

独具特色的察右后旗文旅景观

美丽富饶的察右后旗位于自治区中部，乌兰察布市北部，总面积3 910平方公里，辖8个苏木乡镇，总人口22万，是一个以蒙古族为主体、汉族占多数的多民族聚居旗。

这里交通区位优势明显，旗政府所在地白音察干镇距集宁区58公里，距呼和浩特市170公里，距北京380公里，距二连口岸220公里，距乌兰察布市机场35公里。集二铁路、集通铁路、208国道、208高速、呼满省际大通道穿境而过。这里草原辽阔，风光秀丽，四季分明。夏秋之际，气候宜人，芳草萋萋，毡包似白莲盛开，牛羊似珍珠泻地。这里有全世界独有的古老神奇的火山草原；有春秋之季，候鸟迁徙，风景秀丽的原生态湿地保护区——天鹅湖；有风景秀丽、碧波荡漾的白雁湖和石门口水库、六道口水库等；有树龄1000多年树冠近600平方米的古榆树；有神秘莫测的古岩文岩画和奇山怪石沟；有北魏开国都城克里孟古城；有达延汗、林丹汗行宫驻牧的察汗不浪古城和祭祀过的汗乌拉敖包；有清朝康熙皇帝题名为"善福寺"、察哈尔最大黄教喇嘛庙——阿贵庙；有巧夺天工的杭宁达莱生态园、白音乌拉生态园以及察哈尔广场等，犹如一颗颗璀璨的明珠镶嵌在火山草原上……

察右后旗民族文化底蕴深厚，是察哈尔文化的发祥地之一，2012年被文化部授予"中国民间文化艺术之乡"称号。传统的祭敖包、那达慕、察哈尔婚礼等民俗活动以及圣蓝的哈达、醇香的奶酒、独具民族风味的烤全羊、烤羊腿、手扒肉、罕宫奶食等集中体现了察哈尔浓郁的民族风情和察哈尔文化的无限魅力。察右后旗以独特的自然景观、悠久的历史文化，众多的人文古迹以及四通八达的交通区位优势，成为祖国北疆理想的“避暑胜地，旅游天堂”。

察右后旗地处察哈尔草原深处，历史悠久，文化底蕴深厚。在察右后旗这片热土上曾经养育了匈奴、鲜卑、契丹、女真、蒙古等诸多民族儿女。各民族在这里长期的共同生活中，相互交融，繁衍生息，创造了灿烂的草原文明。历史上，察右后旗也曾经是蒙古族察哈尔部落战斗和生活的地方，察哈尔蒙古族与诸多民族广泛接触，吸收这些民族的文化元素，逐渐形成独具特色的察哈尔文化。他们创造并流传下来的礼仪文化、饮食文化、服饰文化、建筑文化、宗教文化、民间艺术文化、体育竞技文化等，极具地域和民族特色，是草原文化宝库中的绚丽瑰宝。

察右后旗现有各类不可移动文物遗址点180处。其中，国家级重点文物保护单位2处，自治区级文物保护单位6处，市级重点文物保护单位5处，旗县级重点文物保护单位31处，其涵盖时代从新石器时代至近现代。克里孟古

城遗址、察汗不浪古城遗址、井沟岩文岩画、阿贵庙、红旗庙、红格尔图战役遗址等，为察右后旗文化旅游产业发展奠定了基础。

全旗现有自治区级非遗项目4项，市级非遗项目37项，旗级非遗项目57项。其中以阿斯尔、民族服饰、民族手工艺、民族歌舞、民族餐饮、察哈尔婚礼、蒙医蒙药、那达慕、祭天、祭火、祭敖包等为代表的优秀非物质文化

遗产为察右后旗文化旅游产业发展注入了灵魂。

察右后旗境内的自然遗产——乌兰哈达火山群是中国仅有的火山草原风光带，是我国火山结构要素最齐全、景观最奇特的火山群，火山群位于内蒙古中部，阴山东麓。地处东经112° 42′~113° 30′ 、北纬40° 50′~41° 28′ 。年平均气温4.4℃，平均降水量384mm。火山活动始于约3万年前的晚更新世晚期，休眠于全新世，也称“冲积世”，包括20余座火山，其中晚更新世约20座，全新世3座，火山均由玄武质火山碎屑物和熔岩流组成。火山总体呈北东向线状展布，严格受基底断裂控制，其中主要的八座火山坐落在同一条抛物线上，由东向西分别命名为1~8号，同原蒙古族牧民的命名一一对应。八座火山环绕着方圆400平方公里的火山地带，其中有天鹅湖和白音淖尔湖，湖的四周是美丽的天然草原。

乌兰哈达火山群完好而独特的火山类型，雄伟的火山地貌景观与奇特的火山堰塞湖湖光水色、火山草原风光、千年古榆、蒙古族民俗风情以及深厚的察哈尔文化底蕴等，是环首都周边难得的旅游胜地。由于火山作用，在火山地带形成了岩熔地貌。地表有石河、石湖、石海、石浪等奇观。各具形态的石禽、石兽随处可见，五彩斑斓的岩花点缀着塞外山川。火山群中其中以三号、五号火山因形似日本富士山而远近闻名。

目前，乌兰哈达火山群已列入自治区级火山地质遗迹自然保护区并已向国家申请察哈尔火山国家地质公园，共有远古火山群28座，其中有特殊形状的8座，极具科研考察价值。火山群周边还有鲜卑、契丹等古墓群以及契丹时期的岩文岩画、展现蒙古族民风民俗文化的蒙古大营、白音淖尔湖、天鹅湖优美的湿地景观和千年古榆等，是目前国内少有的火山草原生态风景区。

近年来，察右后旗依托丰富的文化与自然遗产，审时度势、准确定位，积极响应习近平总书记提出的“打造祖国北疆靓丽风景线”的号召，认真贯彻自治区建设民族文化大区、旅游强区的战略部署，适时提出了打造察哈尔文化品牌，建设民族文化强旗的目标，先后荣获了“中国民间艺术之乡——阿斯尔之乡”“内蒙古察哈尔文化研究开发保护基地”“内蒙古‘一旗一品’文化品牌示范旗”“内蒙古毛植文化之乡”“乌兰察布市察哈尔火山文化之乡”“乌兰察布市察哈尔查干伊德之乡”“乌兰察布市察哈尔敖包文化之乡”和“察哈尔祭祀文化之乡”等多项殊荣。成立了全国第一个察哈尔文化研究挖掘组织——察右后旗察哈尔文化研究促进会，开展学术研讨及文化遗产的研究、保护和传承工作，为推进打造察哈尔文化品牌奠定了坚实基础。由察右后旗察哈尔文化研究促进会组织编撰的《察哈尔史》成功出版，这部历时7年，凝结了40多位专家学者心血与汗水的鸿篇巨著，填补了中国蒙古族部落史研究领域中的空白。成立了自治区首家阿斯尔乐团，整理出阿斯尔乐曲乐谱40多首。举办了察哈尔文化艺术节，承办了自治区第五届乌兰牧骑艺术节。对乌兰牧骑进行了成功重组，演艺水平大幅提升，大型舞台剧《察哈尔婚礼》荣获第五届自治区乌兰牧骑艺术节金奖，自治区“五个一工程”奖。大型原创蒙古剧《忠勇察哈尔》，入选第十二届中国·内蒙古草原文化节优秀展演剧目，荣获自治区原创最高奖——莎日娜奖，入选全少数民族优秀剧目进京展演。影视作品《察哈尔足迹》《嘎查的故事》《尼玛家的女人们》，音像制品《精锐察哈尔》《乌力格尔》《腾飞的察哈尔》《察哈尔花正红》《火山草原的祝福》《察哈尔民歌》《相逢》等，集中记录和再现了察哈尔文化的精髓。

先后出版了《察右后旗文史资料》1-12辑、《察哈尔论》《察哈尔史迹》《察哈尔文学简集》《察哈尔阿斯尔》《察哈尔民间文学》《察哈尔风俗》《察哈尔民歌集》《琴韵歌词集》《察哈尔民俗与民间文学》《察右后旗地名考》《绥东战役》《察右后旗革命斗争史略》《300年的村落—阿力乌素》等十多部数千万字的史料书籍。其中，《察哈尔文学简集》荣获全市“五个一工程”

奖,《察哈尔史迹》荣获自治区“阿尔丁”奖。中央人民广播电台、央视四套《走遍天下》栏目、央视七套《乡土》栏目、央视十套《中国地理》栏目,内蒙古蒙汉语卫视等20多家媒体走进察右后旗专题报道察哈尔文化及独特的自然资源。

近年来,察右后旗以察哈尔文化研究创作出的一大批文艺作品,成功转化为文化旅游产品,为察右后旗发展文化旅游产业探索出了一条积极的路子,也成为察右后旗发展文化旅游产业的优势项目。

为把深厚的民族文化底蕴和浓厚的民族文化风情融入城镇建设,围绕建设休闲度假文化旅游城镇、生态文化旅游城镇,彰显一座城镇的文化色彩和品位,察右后旗先后建成一批地标性建筑:察哈尔文化艺术展览中心、红格尔图战役纪念碑及展览馆、杭宁达莱生态园、白音乌拉生态园察哈尔广场、马头琴广场。为展现察哈尔文化的历史变迁,建起了察右后旗历史文物展馆、察哈尔文化博物馆、察哈尔文献馆,为发展民族文化特色产业、传承民族工艺,建起了民族文化产业街。重新修缮了阿贵庙、红旗庙和红格尔图战役遗址。

通过招商引资开发建设火山草原旅游项目,修建了景区公路29.2公里,配套了供水供电工程,完成了4号火山度假营地、火山博物馆、游客中心、场院硬化、旅游厕所等基础设施建设。截至目前,全旗有各类乡村旅游点80多处。其中3A级以上乡村旅游接待点6家,少数民族特色村寨2处,旅游特色商品电商销售平台1处,国内旅行社2家,旅行社门市部10家。确定了4个旅游扶贫示范项目和13个乡村旅游扶贫创建示范村。大六号祥辉现代农业观光园被评为自治区级旅游扶贫示范项目。建成旅游厕所22座。注册文化旅游企业45家。2018年,全年共接待游客62万人次,实现旅游总收入3.1亿元。注重本地特色产品品牌建设,“罕宫”牌奶制品、“后旗红”马铃薯、泰发祥、融融、牧尔金斯、纳兰明珠、乌勒庚、佳原、康鑫等皮绒制品、阿斯尔风干牛肉、草原牛羊肉、草原人参红萝卜广受消费者欢迎。

扶贫推广

俘获味蕾的草原美食

内蒙古自治区乌兰察布市察右后旗乌兰哈达苏木（简称“苏木”）是中国保险资产管理业协会（简称“协会”）对点帮扶地区。苏木是乌兰察布市察右后旗重要的马铃薯生产园区。马铃薯产业已成为察右后旗农业生产的主导绿色产业，并使察右后旗逐渐成为自治区马铃薯主产区之一。此外，藜麦、黑枸杞等也是当地优质绿色农产品。

马铃薯：察右后旗境内分布有形成于地质历史的第四纪晚期火山20余座和广阔的草原，土壤耕作层覆盖下的火山岩层富含大量镁、钾、磷、赖氨酸等多种对人身体有益的矿物质和微量元素，同时草原上丰富的牛羊粪肥资源为优质马铃薯的生长提供了充足的原生态养分，非常适宜马铃薯种植，特别是火山岩浆地下水资源矿物质和微量元素含量特别高，浇灌出的马铃薯矿物质和微量元素含量丰富，可以说是真正的绿色营养食品，因此察右后旗马铃薯又享有“火山养生绿色食品”美誉。

藜麦：富含的维生素、多酚、类黄酮类、皂苷和植物甾醇类物质具有多种健康功效。藜麦具有高蛋白，其所含脂肪中不饱和脂肪酸占83%，还是一种低果糖低葡萄糖的食物，能在糖脂代谢过程中发挥有益功效。

火山雪菊：种植在乌兰哈达火山脚下，全程不打农药、无熏硫、不加任何添加剂。花蕾颗粒饱满结实，色泽暗红，冲泡后汤色清透无杂质，口感香醇浓厚。

牛肉块

牛筋肉

01 食本健康

FOOD HEALTHY

火山草原

新鲜奶源

奶源直取 无污染

02 食本匠心

FOOD ORIGINALITY

传统工艺

鲜奶熬制

原始味道

03 食本原始
FOOD ORIGINAL

蒙古族世代传承

匠心制作

04 食本健康
FOOD NATURAL

口感正奶味浓

地道蒙古味